U0044351

世界公民叢書

未來的，全人類觀點

作者◎寒哲 L. James Hammond

譯者◎胡亞非

我在金子的疆域中四處遊歷，
城堡和家園的美景盡收眼底。

（*Much have I travell'd in the realms of gold,*
And many goodly states and kingdoms seen.）

——濟慈（John Keats）

前言

這本書的目的是討論西方經典著作。從文學類著作開始，繼之以哲學、心理學和歷史類著作，然後以綜合類著作結尾。

我想讓這本書成爲一張文學世界的地圖，像一張爲在金礦裡工作的淘金者所提供的地圖那樣。我本人讀了許多並不值得一讀的書；我就像一個手無地圖的淘金者，所以我懂得這樣一張地圖的價值。

我並不期望人們讀每一本我在這裡所推薦的書；假如他們在這裡發現了哪怕只是一本他們喜歡的書，我的目的也就達到了。

我並不是在試圖使經典簡單化或大衆化；假如世界上最有天賦和最雄心勃勃的那位讀者要我向他推薦哪一本書，我也會對他說出我在這裡要說出的一切。

我十五歲的時候才走進哲學的世界。在那之前，我和其他的美國青少年一樣只對運動有興趣。但是我無意間看到一本教科書，一本寫給青少年看的教科書。一時間，整個世界的文明都在我面前展現。最讓我著迷的歷史人物是蘇格拉底，他因爲喜歡在市集間討論想法而出名。我因此被希臘文化迷住了，當牙醫用乙醚麻醉我的時候，我甚至夢到希臘文化。

並不只有我，同樣醉心於希臘文化的還有羅馬人，文藝復興時代的義大利人，以及尼采。整個西方文明是跟著古希臘人開闢出來的道路在前進。只有在二十世紀的時候，西方文明從希臘傳統的軌跡上迷失。因爲對希臘人的迷戀，讓我和西方古典文學以及西方文明的遺產有著強烈連結；並且對二十世紀文化產生深刻的疏離感，疏離「現代藝術」，一切和「現代」有關的事物。

用寫作，我嘗試去救贖，去延續這個傳統。如果我能在哲學的領域裡成功，如果我能在傳統中嗅得新生命，那麼其他人就自然可以在想像的文學，視覺藝術以及音樂等得到成功。我希望我的作品可以激勵人們相信，一個人可以對二十世紀前那些傳統感到忠誠，並且同時創造出原創性的作品。「傳統的」與「原創的」兩種形容詞可以放在同一個作品上。

第一個讓我印象深刻的哲學作品是羅馬皇帝馬可・奧瑞留（Marcus Aurelius）的《沉思錄》（*Meditation*）。他的格言使我相信禁慾的生活。其他的哲學家讓我知道應該以不同的哲學過生活。因此，我是從生活在哲學裡而被引領到哲學世界裡，我把哲學當做一種生活方式，一套價值，而不單純是智性的運作。

下一個抓住我的想像力的是法國哲學家蒙田（Montaigne）。在他那裡，哲學當然也是一套價值，一種生活方式，但是蒙田還有奧瑞留所沒有的特質：對於文學以及文學傳統的喜愛，一個想要和早期的思想家對話的慾望，以及引經據典的傾向。對蒙田來說，好的生活必須是文學生活，一種文化薰陶下的生活；遠超過其他條件。因此文學不只是達到眞理的方法；它成爲伴侶關係，身心的修養，美好生活爲它而存在的其中一部分。

然後我發現尼采。尼采給我極強烈的印象，因爲不像蒙田，他直接對著我，以及我這個世代說話。在保留古典旨趣和古典風格的同時，尼采是現代的。他了解現代世界，他知道如何在一個衆聲喧嘩的世界裡保留文化，他知道那場從叔本華開始以至弗洛依德的心理學革命。

再者，尼采專心致力於當時不在我心中的主題：墮落，以及其相對的：復振。我藉著黑格爾的社會有機論，尼采的墮落觀點，以及弗洛依德生與死的本能觀，揉合而成自己的一套墮落與復振的理論，做爲我的主要創見。

雖然我對尼采情有獨鍾，但這不影響我對十九世紀其他思想家的興趣，例如齊克果（Kierkegaard）、叔本華（Schopenhauer）、以及魯希金（Ruskin）。也不影響我對心理學的興趣，主要是弗洛依德與榮格的部分。因此我對哲學的思考取徑是來自當代思想家，而非古代哲人如亞里斯多德與柏拉圖。我對哲學的取向是廣泛的，並且包容所有的人文學科。我對康德這樣的哲學家比較沒有興趣，因爲他把哲學窄化了，並且過於強調形上學。

從我在二十年前遇上尼采之後，接著對我做爲哲學家最重要的發現就是禪（Zen），而這只是這三、四年間的事。我相信禪，這個在近一百年才傳到西方的思想，代表著另一股西方思潮的革命。做爲哲學家，我另一個職志就是要推廣禪——的重要，禪的深度，禪的美——並且讓人認識禪如何媲美西方哲學。對我來說，禪的的確確是西方思想演進的下一章。如果我的牙醫給我乙醚麻醉，我大概已經不會夢到古代雅典人在市集辯論，而是中國或日本哲人閒坐在山頂小屋，品啜著香茗，觀看細雨落入山谷之中。

至於我目前的生命處境，則是一名兼職的哲學家和兼職的電腦顧問。我並沒有與任何大學機構有聯繫。我不覺得大學生活讓我特別快活，因此我也沒有進一步在研究所進修的打算。

西方人文速描

【目錄】全書總頁數288頁

4 歷史

5 綜合類

1 *The Classics: a Sketch of Western Literature*

文　學

Literature

Franz Kafka, 1883-1924

1 卡夫卡

法蘭茲・卡夫卡（Franz Kafka）的三部小說中，《美國》（*Amerika*）是可讀性最強、最現實主義的一部。《美國》與其他小說最大同小異，也最少有卡夫卡風格。批評家們對《審判》（*The Trial*）和《城堡》（*The Castle*）全神貫注，對《美國》卻不太注意。《美國》與《審判》和《城堡》不同，它無法爲批評家們提供很多評論材料，也無法在其中找到隱密的寓意和深刻的思想。雖然《美國》對批評家們來說不是一本好書，但它對讀者來說，卻是一本好書。然而，如果說《美國》是卡夫卡最好的小說，如果說它比《審判》和《城堡》都好，那就錯了。《審判》和《城堡》成書於《美國》之後，那正是卡夫卡創作的高峰期。

卡夫卡的短篇小說和他的長篇在質量上不相上下，但這不是一成不變的，所以我們應該有選擇地閱讀卡夫卡的短篇。《變形記》（*The Metamorphosis*，或譯《蛻變》）、《歌唱家約瑟芬》（*Josephine the Singer*）、《飢餓藝術家》（*The Hunger Artist*）、《交給學院的報告》（*A Report to an Academy*）和《洞穴》（*The Burrow*）都值得推薦。卡夫卡的《八個八開筆記本》（*Eight Octavo Notebooks*）需要剪輯，這些筆記如果剪輯一下，定會是一本質量甚佳的書。卡夫卡的有些信件也很有趣；我推薦他寫給費麗斯（Felice）的信和他的一本題爲《我是復活的記憶》（*I Am a Memory Come Alive*）的文章集，對想從心理學角度研究卡夫卡的讀者來說，有很多書可供選擇。①

布勞德（Brod）著有一部很好的卡夫卡傳記。另外，我推薦詹諾池（Janouch）的《與卡夫卡對話》（*Conversations with Kafka*）一書。讀者在對卡夫卡的生平有所了解以後，應該去讀《噢！父親》（*Letter to His Father*），這本書可說是卡夫卡第一本質量最佳的書。卡夫卡似乎認爲，父親的管教方式對他有永久性傷害；這本書充滿了卡夫卡對父親教子方法的牴觸情緒。他的這封信也和其他作品一樣，充滿了幽默。卡夫卡寫道：「您從您的扶手椅上統治世界。您的想法一貫正確，所有其他人都在瘋狂的胡思亂想……您可以批判捷克人，然後批判德國人、猶太人……直到除了您以外別無他人可供批判。」

Marcel Proust, 1871-1922

2 普魯斯特

普魯斯特（Marcel Proust）和卡夫卡一樣，也是一位非比尋常之人；他代表一種新鮮的、不同的世界觀。然而，卡夫卡以一種與其他小說家異曲同工的方法表達自己的世界觀，所以讀他的書對讀者的閱讀能力要求並不很高。普魯斯特則不同。讀普魯斯特對讀者的閱讀能力就要求頗高了，原因是普魯斯特以一種既不同於一般又富有挑戰性的方法表達自己的世界觀。普魯斯特文體華麗非凡，他的句子、段落、章節及著作本身都很長。尤有甚者，他的作品中很少有行動或情節。那些有志於研究普魯斯特的讀者會逐漸發現，閱讀普魯斯特的困難會慢慢化解；他們會認識到普魯斯特的作品雖長，但不失清晰。

有些讀者不願卒讀普魯斯特《追憶逝水年華》（*Remembrance of Things Past*）全書七篇小說，而只讀七篇中的第一篇和最後一篇。這些讀者或許會受益於總結其他五篇小說的書，如米勒（Milton L. Miller）的書或者莫羅瓦（André Maurois）寫得極好的普魯斯特傳記。②莫羅瓦所寫的普魯斯特傳記較之於大部分現代傳記作品，長度上只有一半，質量上卻勝過兩倍。還有一本好書是《普魯斯特先生：一段回憶》（*Monsieur Proust: A Memoir*），這本書是普魯斯特的管家瑟萊斯娣・奧巴雷（Celeste Albaret）寫的。這部回憶錄記錄的是對普魯斯特親近而令人心醉的觀察，只是風格還大有改善的餘地。普魯斯特告訴瑟萊斯娣，如果她有朝一日記錄下關於他的回憶，她的書將會被人們像搶買早點那樣一搶而空。的確，瑟萊斯娣的書在法國成了暢銷書。

普魯斯特與卡夫卡一樣，兩人都一心致力於文學，但是，普魯斯特並不學究氣，也不迂腐。普魯斯特跟卡夫卡一樣，對生活本身比對文學更感興趣。卡夫卡和普魯斯特都從文學的角度看待生活，他們發現生活本身是最深刻、最幽默的文學家。普魯斯特會同意卡夫卡所說的：「一個人可以從生活當中提煉出那麼多部書來，卻只能從書中提煉出極少的、少得可憐的生活。」③

普魯斯特和卡夫卡不同，他出生在一個崇尚文化的家庭中。當普魯斯特還是個小孩子的時候，母親和祖母就向他介紹了法國文學，不久他就意識到自己將以文學爲生。然而，他的文學才能發展得很慢；他擔心自己沒有足夠可以創作一部小說的想像力。他把自己看成是「一個生來對印象極爲敏感，卻毫無想像力的人」④。終於，他決定不要創作一部基於想像力的著作，而要創作一部基於個人體驗的書：他的愛情、他的痛苦、他的友誼、他的社交等等。

普魯斯特不寫奇異的體驗，相反地，他寫人們共同的體驗。比如，他這樣描寫一個友人的死亡：「當我的目光在報紙上瀏覽時，我的注意力突然被『斯萬的死訊』（Swann's death）攫住，好像被一本不屬於那兒的神祕文字所跟踪。這些文字足以使一個活生生的人再不能回答你對他所說的任何話語，足以使這個人變得只剩下一個名字，一個在一瞬間就從眞實世界進入死寂之界的寫在紙上的名字。」⑤普魯斯特使人類的共同體驗變得新鮮、有趣、奇異，這是因爲他本人完全地、充滿意識地經歷了那些體驗。

我們可以這樣總結普魯斯特的一生：年幼時被引入文學殿堂，不久便致力於文學創作；以後，埋頭於生活本身，當小說家的理想幻滅。後來，不再注重生活，獻身於寫作，使個人經歷成爲藝術。最後，他對瑟萊斯娣說：「昨晚，我寫下了『完』字。現在我可以死了。」⑥

普魯斯特的著作充滿深刻的思想。比如，他注意到人們往往忽視那些離他們很近的人的才能。他說：「我們絕不會相信昨晚和我們一起去聽歌劇的那個人是個天才。」⑦普魯斯特的著作充滿幽默的評論。比如，他說：「當艾姆・德・沙樂（M. de Charlus）苦思冥想出極爲完美的妙語時，他急於讓盡可能多的人聽到。但當他第二次使用同樣的妙語時，他就不希望聽過它的人再聽一次，因爲他知道聽過的人會發現他的妙語不再新鮮。他邀請不同的客人到他的客廳裡來，僅僅因爲自己沒有新的節目。然後，當他在與人交談中再次成功時，如果需要的話，他會組織一次旅行，到各地去表演。」⑧沒有哪一個虛構文學作家比普魯斯特更深刻、更幽默了。

James Joyce, 1882-1941

3 喬哀思

喬哀思（James Joyce）最早的作品，如《都柏林人》（*Dubliners*）、《一個青年藝術家的畫像》（*A Portrait of the Artist As a Young Man*）和一些詩歌，都非常受歡迎，但他後期的作品，如《尤里西斯》（*Ulysses*）和《芬尼根守靈記》（*Finnegans Wake*），卻沒有多少人喜歡。他寫的一個劇本《放逐》（*Exiles*），差不多已被人遺忘。《都柏林人》是喬哀思的短篇小說集，是一本少見的讀者願其篇幅更長的書之一。喬哀思寫的故事和契訶夫（A. Chekhov）寫的一樣，少有刺激性情節——頂多足夠吸引讀者的注意力。契訶夫常常倉促地完成一篇作品，爲的是趕一個期限或者掙一點兒錢，喬哀思則總是謹慎認眞地寫作。喬哀思對文學有一種深刻的責任感，具有崇高的文學理想。他的目標是創造不朽的作品，與莎士比亞比肩。喬哀思的故事並不比契訶夫最好的故事好，但卻比契訶夫的故事在風格上更完美，在質量上也更具一貫性。

《一個青年藝術家的畫像》不像《都柏林人》那麼淸楚易讀，也沒有《尤里西斯》那麼艱澀難懂，是喬哀思的許多讀者最鍾愛的一部喬哀思作品。致力於通讀《尤里西斯》的讀者，會像喜歡《一個青年藝術家的畫像》那樣地喜歡《尤里西斯》的某些部分，也可能更多。然而，很少有人會喜歡這本書的每一個章節，而且許多讀者不會有閱讀《尤里西斯》所必備的那種持之以恆的精神。讀者如果沒有編輯或評論家的幫助，就無法讀懂《尤里西斯》。讀者要讀懂它，必須等到它的每一頁上都標上註釋，像莎士比亞的著作那樣，否則，就只有依賴評論家的幫助，如廷德（Tindall）、伯爾基斯（Burgess）和桑頓（Thornton）等。⑨

愛爾曼（Richard Ellman）所著的《喬哀思傳》和許多現代傳記作品一樣，過於細節化，但它有時讀來也還有趣，而且有助於對喬哀思作品的理解。阿瑟・鮑爾（Arthur Power）的《喬哀思談話錄》（*Conversations With Joyce*）是一本極好的書，喬哀思迷們會極爲欣賞。

假如我們把喬哀思與卡夫卡和普魯斯特加以比較，我們就會發現，喬哀思不像卡夫卡和普魯斯特，他在二十幾歲時就很會寫作了。喬哀思的文學能力在早期迅速成熟，但在晚期卻逐漸衰退。他的最後一部作品《芬尼根守靈記》是一次對風格的嘗試，簡直令人不可卒讀。在創作《芬尼根守靈記》期間，喬哀思完全專注於風格，使他的作品失去了他的生活和他的喜怒哀樂這一基礎。

André Gide, 1869-1951

4 紀德

如果我們把安德烈・紀德（André Gide）與卡夫卡、普魯斯特和喬哀思加以比較，我們會發現紀德和他們一樣，對文學有一種嚴肅的獻身精神；我們也會發現紀德比上述幾位有更廣泛的閱讀經歷，並因而更加博學。紀德懂好幾種外語，在閱讀上所下的工夫令人想起叔本華或尼采這樣的哲學家，而不是一個想像型的文學家。的確，紀德寫的很多東西都不是想像型文學；他是一個卓越的批評家和散文家，一生都堅持寫日記。紀德不完全是一個藝術家，不像卡夫卡、普魯斯特和喬哀思那樣具有創造性。紀德沒有創造一種特殊的文學樣式，也沒有一個與衆不同的世界觀。我們可以談論「卡夫卡式」的天地，或者「普魯斯特式」的天地，但我們不能談論「紀德式」的天地。紀德往往不表達自己的世界觀，相反地，他有時模仿杜斯妥也夫斯基（Dostoyevsky）這個他極爲崇拜的人。紀德的主要著作《僞幣製造者》（*The Counterfeiters*）和《拉夫卡笛奧奇遇記》（*Lafcadio's Adventures*）具有杜斯妥也夫斯基小說的氣氛和特徵。

紀德和喬哀思一樣，也是在他們文學生涯的早期寫短篇作品；這些作品如果沒有比他後期的較大部頭、表現出較多文學雄心的作品好，至少也跟它們不相上下。紀德最好的短篇作品基於他自己的經歷，將眞誠與典雅合爲一體。舉一個例子：《窄門》（*Strait Is the Gate*）講的是他和他後來與之結婚的表姊之間的柏拉圖式的愛情故事。喬哀思稱它爲「一個小傑作……如巴黎聖母院尖頂般精美。」⑩紀德的另一篇短篇小說《背德者》（*The Immoralist*）也基於紀德本人的經歷。這篇小說講的是一個憂鬱的知識分子學著在生活中尋找樂趣的故事。紀德還寫了兩部自傳作品，一部是《如果麥子不死》（*If It Die*），一部是《就這樣吧》（*So Be It*）。《如果麥子不死》

記述了紀德的早年生活，是他最好的著作之一，比《就這樣吧》要好。《就這樣吧》記述了紀德早年以後的生活。紀德的日記裡有很多很好的段落，但需要大幅度地刪節。

雖然紀德的作品在今天不像卡夫卡、普魯斯特和喬哀思的作品那樣廣爲流傳，但它們將會在多年後流傳久遠；這些作品集典雅的風格和深奧的學識爲一體，而且是一種對回答道德問題和審美問題的眞誠嘗試。

Thomas Mann, 1875-1955

Hermann Hesse, 1877-1962

5 托馬斯・曼和赫曼・赫塞

托馬斯・曼（Thomas Mann）跟紀德一樣，也是思考型而不是靈感型作家。又與紀德相同，托馬斯・曼既寫虛構文學作品，也寫批評性文章。托馬斯・曼是一個深刻的思想者，他的長、短篇小說包含了許多深刻思想。比如，在《魔山》（*The Magic Mountain*）中，托馬斯・曼指出，工作在現代人的生活中是至關重要的頭等大事，對現代人來說，工作已經變成了「生命最值得尊崇的特點……時代的絕對權威……自身就具有合理性。」⑪托馬斯・曼沒有卡夫卡的幽默，沒有普魯斯特的傷感，也沒有托爾斯泰那種強烈的情感。然而，托馬斯・曼是他那個時代的傑出小說家和思想家之一，他的著作不會很快被人遺忘。

赫曼・赫塞（Hermann Hesse）缺乏托馬斯・曼的深刻性，也缺乏卡夫卡的想像力。赫塞的小說講述生存狀態、生活方式、個性演變的故事。當赫塞還年輕的時候，尼采是他的精神導師之一。然而，赫塞後來背離了尼采，轉向東方哲學，並認識到尼采對生命所採取的態度過於枯燥、過於思辨。赫塞在自己最後一部重要著作《玻璃珠遊戲》（*The Glass Bead Game*，出版於一九四三年，又名《遊戲大師》，*Magister Ludi*）中批判了尼采（但並未指名道姓）。赫塞最優秀和最受讀者歡迎的作品是《流浪者之歌》（*Siddhartha*）；這是一篇以佛祖時代之印度爲背景的短篇小說。《流浪者之歌》是想像與哲學相結合、東方與西方相結合、佛教思想與西方專注個人的思想相結合的一篇令人讀來令人賞心悅目的小說。我也推薦赫塞的《荒野之狼》（*Steppenwolf*）。它和紀德的《背德者》一樣，是關於一個憂鬱的知識分子學習著在生活中尋找樂趣的故事。

Lev Nikolayevich Tolstoy, 1828-1910

6 托爾斯泰

列夫・托爾斯泰（Lev N. Tolstoy）和卡夫卡與普魯斯特一樣，對生活本身比對文學更鍾情。對托爾斯泰來說，文學不是遊戲、嗜好或者手藝。文學是對生命意義的尋求，是對生活目的的尋求。就托爾斯泰來說，這一尋求開始於他的少年時期；那時他對各種哲學思想都做了試探，如禁慾主義、享樂主義、懷疑主義等。當托爾斯泰完成了《戰爭與和平》（*War and Peace*）和《安娜・卡列尼娜》（*Anna Karenina*），成爲世界著名作家之後，他仍覺得自己沒有找到生命的意義。他皈依了宗教，拋棄了帶給他名譽的那些作品，並獻身於實踐自己的宗教理想。

托爾斯泰的文學作品反映了他的個性。我們在他的作品中，可以發現那種在他身上可以發現的特點，即精神的飢渴以及強烈的情感。托爾斯泰的傳記讀起來很像他本人的小說。他有著格外充沛的活力，有一種與宇宙同一的情感。當托爾斯泰只有九歲時，他著魔於夜空之美，並從三層樓上跳下來，以圖飛翔。在托爾斯泰創作的虛構文學作品中，我們也能發現這種同樣的與宇宙同一的情感。比如，在《戰爭與和平》（*War and Peace*）中，托爾斯泰寫道：「皮埃爾看著天空，看著遙遠的、閃亮的星星。『所有這一切都是我的，所有這一切都在我之中，所有這一切都是我！』皮埃爾想。」⑫

托爾斯泰不但對生命比對文學更感興趣，他對人也比對書更感興趣。高爾基（Arshile Gorky, 1905-1948）說，托爾斯泰「不怎麼喜歡談論文學，但他對作者的個性卻有強烈的興趣。」在這一方面，托爾斯泰很像卡夫卡；卡夫卡最愛讀的書是傳記和自傳。⑬有些文學批評家說，作家的個性無關緊要，文學應該是客觀和非個人化的。批評家們之所以把文學和生活分開，是因爲他們不像偉大作家們那樣注重生活本身，是因爲他們不像偉大作家那樣，以強烈的情感體驗生活。這也是批評家之所以是批評家而不是偉大作家的道理。

托爾斯泰的最佳作品是關於那個最使他感興趣的題目，即生活本身。卡夫卡和普魯斯特從一個角度，而且是一個古怪的角度來觀察生活，托爾斯泰則把生活看做是一個整體。在這方面，托爾斯泰令人想起古代作家，比如荷馬（Homer），而不是現代作家。托爾斯泰的著作語言簡練，可讀性很強。無論是一般讀者還是較挑剔的讀者都喜歡托爾斯泰。可以說，托爾斯泰是無人不愛的。喬哀思把托爾斯泰稱爲「一位偉大而高貴的作家……無與倫比。」⑭儘管托爾斯泰最好的著作是《戰爭與和平》和《安娜‧卡列尼娜》，托爾斯泰也寫了一些優秀的短篇作品，比如《主人與僕人》（*Master and Man*）、《硬幣奏鳴曲》（*The Kreutzer Sonata*）和《伊凡‧伊里奇之死》（*The Death of Ivan Ilych*，或譯《傻子伊凡》）。特羅亞特（Henri Troyat）的《托爾斯泰傳》（*Tolstoy*）雖然長了一點兒，但也還有趣；就趣味性而言，該書的後半部比前半部遜色了點。

Fyodor Mikhailovich Dostoevsky, 1821-1881

7 杜斯妥也夫斯基

杜斯妥也夫斯基（Fyodor Mikhailovich Dostoevsky）在很多方面與托爾斯泰相似：兩人都有一種熱情、神祕、中世紀式的宗教感情；兩人都有能力對人進行敏銳的心理觀察（這種心理觀察先於弗洛依德的理論）；兩人都在寫作中充分利用情節安排和行爲描述；兩人的著作中都充滿了宗教、哲學和心理學思想。然而，托爾斯泰的宗教情感使他在某種程度上蔑視文學，杜斯妥也夫斯基對文學的鍾情卻一直銳而不減。事實上，杜斯妥也夫斯基的創作能力是隨著他年齡的增長而不斷增強的；多數人認爲杜斯妥也夫斯基最後的作品《卡拉馬助夫兄弟們》（*The Brothers Karamazov*）是他的最佳作品。

杜斯妥也夫斯基批評人是理性的這一觀點，他認爲，人是複雜的和非理性的。許多人讚賞杜斯妥也夫斯基對非理性的強調，並相信是他預見了現代心理學的誕生。但也有人認爲，杜斯妥也夫斯基過分強調人類非理性的一面，認爲杜斯妥也夫斯基對人的非理性和病態表現走火入魔。譬如，托爾斯泰就說，杜斯妥也夫斯基的人物「不眞實。他們都簡單化了，更容易讓人理解」；托爾斯泰說，杜斯妥也夫斯基的作品是「令人痛苦和毫無用處的」。喬哀思對杜斯妥也夫斯基的看法跟托爾斯泰相似。⑮

杜斯妥也夫斯基喜歡出格的言論。比如，他不滿足於只說（像弗洛依德後來所說的那樣）所有人都有同性戀的衝動；他堅持在這方面更進一步，說在大多數男人身上，同性戀衝動比異性戀衝動更爲強烈。他說：「雞姦行爲中存在美嗎？當然存在。相信我，對大多數男人來說，美恰恰存在於這一行爲之中。」⑯有讀者對杜斯妥也夫斯基的出格言論和人性非理性一面的興趣怨聲載道。

杜斯妥也夫斯基本人離瘋狂不遠。事實上，當杜斯妥也夫斯基談到自己二十幾歲的某兩年時，他說：「甚至有一陣子，我失去了理性。」他寫過一個故事，題爲《雙面人》（*The Double*），關於一個具有分裂人格的年輕人的；杜斯妥也夫斯基說寫這個故事是一次「懺悔」。杜斯妥也夫斯基患有癲癇症。按弗洛依德的說法，「很可能這個所謂的癲癇症，不過是他的精神病症狀。」⑰杜斯妥也夫斯基也是一個不能自制的賭徒，他在德國的賭場輸了個精光。他把他的癲癇症、他的賭博和其他方面的經歷用在文學創作上。他的小說往往有他生活的影子；他虛構的許多人物是他個人性格不同面向的代表。

杜斯妥也夫斯基說，他整個一生都被上帝是否存在的問題所困擾。他的某些人物也被同樣的問題所困擾。杜斯妥也夫斯基討論無神論和社會主義之間的關係，也討論無神論和傳統道德觀衰退這一現象之間的關係。只有尼采在理解無神論方面和杜斯妥也夫斯基可以同日而語。然而，尼采信奉無神論，杜斯妥也夫斯基卻反對無神論，並站在上帝一邊，站在基督教一邊，站在傳統道德觀一邊。杜斯妥也夫斯基反對想要西化俄國的人；他的政治觀點是保守的、民族主義的。

杜斯妥也夫斯基的幾部小說，《罪與罰》（*Crime and Punishment*）、《白癡》（*The Idiot*）、《受蠱者》（*The Possessed*）和《卡拉馬助夫兄弟們》，一般被認爲在所有小說中屬優秀作品。杜斯妥也夫斯基也寫過一些短篇作品，比如〈地下室手記〉（Notes from Underground）、〈白夜〉（White Nights）和〈溫柔動物〉（A Gentle Creature）。杜斯妥也夫斯基的最佳作品之一是《死屋手記》（*The House of the Dead*）。在這部小說中，杜斯妥也夫斯基描述了西伯利亞的監獄狀況。忽視杜斯妥也夫斯基的缺點可能是一個錯誤，但忽視杜斯妥也夫斯基的優點會是一個更大的錯誤。在文學史上，很少有作家既懷有激情，又具有深刻思想，既充滿想像力，又不乏幽默感；杜斯妥也夫斯基卻具備了這一切。

Anton Chekhov, 1860-1904

8 契訶夫

安東・契訶夫（Anton Chekhov）的目標是描寫生活，描寫人生經歷。他不像托爾斯泰和杜斯妥也夫斯基那麼雄心勃勃；他並不想改變世界或創立一種新的宗教。托爾斯泰和杜斯妥也夫斯基是長篇小說大師，契訶夫則是短篇小說大師。契訶夫描述日常活動和生活瑣事；他的作品在情節安排和行爲描述方面不像托爾斯泰和杜斯妥也夫斯基那樣豐富。

契訶夫來自一個貧苦家庭；他的父親原是農奴。當契訶夫還是一個孩子的時候，他父親叫他不要往外面跑，以免把鞋子跑壞了。契訶夫年輕的時候，就爲地方報紙寫一些幽默小品以幫助家庭維持生計。上了醫學院以後，契訶夫把自己的時間分成兩部分，一部分用於學習醫藥學，一部分用於寫作。隨著他作家聲譽的增長和寫作才能的成熟，他開始寫作更長、更嚴肅的作品。在他的晚年，契訶夫放棄了醫學和小說寫作，開始創作戲劇。契訶夫在四十四歲時死於肺結核病。

儘管俄國還未曾產生重要的哲學家，但俄國的作家卻對哲學有著強烈的興趣。（如契訶夫所說，「在俄國沒有哲學家，但是，每個俄國人都喜歡哲學思考，甚至連不起眼的小人物也喜歡。」⑱）契訶夫的作品包含許多哲學思想。比如，在〈打賭〉（The Bet）這篇故事中，一個人物爭辯說，因爲太陽終歸要燃盡，人類終歸要滅亡，所以，一切人類的活動都毫無意義。他說：「你的後代、你的歷史、你的不朽天才——所有這一切都將隨著這個球體或凍結或燃盡。」

契訶夫和杜斯妥也夫斯基一樣，也經常描述無神的、反基督教的、具有尼采思想傾向的人物性格。比如，在〈決鬥〉（The Duel）中，契訶夫就描述了萬科倫（Von Koren）這個人物；這個人物認爲弱者應該爲整個人種的緣故而毀滅。這個萬科倫「不是處於對周圍人的愛而工作，而是爲了像人類啊、後代啊、人類更理想的種族這樣的抽象概念而工作。」契訶夫並不與萬科倫和尼采持相同立場，這一點也和杜斯妥也夫斯基一樣。杜斯妥也夫斯基信奉基督教世界觀，契訶夫卻不信奉任何宗教或任何哲學思想；契訶夫從頭至尾都只是一個藝術家。尼采思想在杜斯妥也夫斯基、契訶夫和其他作家的作品中頗爲多見的現象，說明這些思想並不是鮮有的，並不是只在少數思想家身上才可以發現的；正如高爾基所說，尼采的思想「比人們通常所想像的傳播得要更廣更深」。⑲

儘管人們在契訶夫那裡可以找到思想，但契訶夫的專長不在思想，而在日常生活，在生活細節，在那些往往足以擾亂人的勃勃雄心的細枝末節。契訶夫的許多人物都有從未實現的雄心和夢想；他們從未使日常生活和他們的雄心協調起來。他們與生活爭鬥，而生活取勝。契訶夫在他遊歷西伯利亞的回憶錄中寫道：

一個搬到西伯利亞去的農民說：「不會比這更糟。」

一個從西伯利亞搬回來的農民說：「肯定比這更糟。」

契訶夫所有的戲劇作品都是第一流的，他的短篇小說則在質量上有大幅度的擺動。我最喜歡的契訶夫小說，有《羅斯查爾德的提琴》（*Rothschild's Fiddle*）、《親愛的》（*The Darling*）、《三年》（*Three Years*）、《一個枯燥的故事》（*A Dull Story*）和《親吻》（*The Kiss*）。

離開俄國文學這個題目之前，我們應該提一下果戈理（Nikalay Vasilyevich Gogol, 1809-1852）和高爾基。果戈理生於一八〇九年，大約早於杜斯妥也夫斯基十年，早於托爾斯泰二十年，早於契訶夫十五年，並早於高爾基六年。果戈理的某些故事，如〈大衣〉（The Overcoat）和〈鼻子〉（The Nose），至今還受人喜愛。果戈理在這些故事中描寫反英雄人物，即被社會遺棄的人物。果戈理對杜斯妥也夫斯基有所影響；杜斯妥也夫斯基在《地下室手記》（*Notes from Underground*）和《雙面人》中都描寫了反英雄人物。我不推薦果戈理唯一的長篇小說《死魂靈》（*Dead Souls*）。

至於高爾基，我所能推薦的唯一作品是他的自傳《我的大學》（*My Universities*）。

Henrik Ibsen, 1828-1906

9 易卜生

亨利克·易卜生（Henrik Ibsen）在他有生之年具有相當的影響力，並且至今享譽不衰。易卜生和喬哀思一樣，其生命的大部分時光都在自我流放中度過，並對祖國挪威持批評態度。除了易卜生和喬哀思之外，還有許多知識分子都對自己的祖國持批評態度。比如，尼采就對德國持批評態度。眞正的知識分子超乎於民族之上。

易卜生和尼采一樣，反對當時的民主潮流。他在一封信中提到自己「對政治自由的蔑視……激進分子是自由的最大敵人。精神和思想自由在專制主義統治下發展。

[20]」易卜生在他的戲劇《人民公敵》（*An Enemy of the People*）中表達了同樣的觀點。在這一劇本中，易卜生爭辯說，政治權力應該在少數天才人物手中，不應該在多數平庸的大衆手中。持有這一觀點的斯道可曼醫生（Dr. Stockmann）跟周圍的人發生了衝突，斯道可曼被宣布爲「人民公敵」，他的家被人投以石塊。

《人民公敵》以政治爲主題，《布蘭德其人》（*Brand*）則以宗教爲主題。《布蘭德其人》不像《人民公敵》那麼具有戲劇性並引人入勝，但是，這兩部劇本的主題是相似的：一個勇敢、堅定、理想主義的個人與其所生存的社會之間的矛盾。易卜生不推崇任何宗教學說。他不像托爾斯泰和杜斯妥也夫斯基那樣懷有宗教信仰，也不像尼采那樣毫無宗教信仰。易卜生對宗教的態度與契訶夫相似：中立並保持距離。

易卜生也和許多其他虛構文學作家一樣，對靈學，即預感、直覺和透過潛意識的交流，有濃厚的興趣。他故事中的一個人物說：「她相信，我已默默地通過內心的渠道，對她說了那些我自己想要說的和決心要說的話。」[21]

易卜生有很大的讀者群：他對喜歡細緻、激動人心的情節的讀者有吸引力；他對喜歡心理分析的讀者有吸引力；他對喜歡政治思想的讀者也有吸引力。

George Bernard Shaw, 1850-1950

Herbert George Wells, 1866-1946

10 蕭伯納和威爾斯

蕭伯納（George Bernard Shaw）生長於都柏林的一個音樂世家。蕭伯納搬到倫敦以後，成了一個音樂批評家，並且捲入當時（十九世紀八〇年代）風靡歐洲的華格納（Richard Wagner, 1813-1883）熱。後來，他改行從事戲劇批評，並成了易卜生的熱情崇拜者。蕭伯納四十歲時，以一個戲劇家和政治活動家的身分初露鋒芒。他相信，戲劇創作應該效法易卜生，以戲劇爲工具，推動社會改革。蕭伯納在戲劇、文章和戲劇前言中充分表達自己的思想。他是一個純粹藝術家的反面；他使藝術服務於哲學和政治。

蕭伯納相信，政治問題不可能由體制的改革來解決，只能透過人的進化來解決。他寫道：「我們的唯一希望是進化。我們必須用超人來取代人。」他相信優生學，即試圖透過選擇性生養來改善人類的學說；他夢想著一個超人的社會，夢想著「一個人人都是克倫威爾的英國，一個人人都是拿破崙的法國，一個人人都是凱撒的羅馬帝國。」

蕭伯納相信，民主是失敗的，正如君主制是失敗的一樣。他認爲，民主僅僅在沒有經歷過民主的人中間受到歡迎，也就是說，民主在受制於專制主義和獨裁政治制度的人們那裡受到歡迎；一旦人們眞正嘗試了民主，他們就會對其喪失信心。蕭伯納相信，罪犯不應該被監禁，因爲是他們的本性使他們犯罪，而他們的本性是不能被改變的。他相信，罪犯應該被處死，並認爲死刑是「相當有道理和很有必要的」。他相信，文明社會的人必須爭取生存的權利；他說：「只要生存的權利不面對經常的挑戰，它就會被濫用。」㉒蕭伯納是無神論者，反對人的生命是神聖的這一思想。他從生物學角度看待人，而不從宗教的角度看待人。他的作品證實了高爾基關於尼采的思想「比人們通常所想像傳播得要更廣更深」這一說法。

蕭伯納是僅次於莎士比亞的最受歡迎的英語語言戲劇家。他的劇作充滿詼諧智慧、令人感到輕鬆愉快，卻缺乏激情和深刻情感。在喜劇和悲劇之間，蕭伯納更擅長於前者。蕭伯納的寫作風格和他的劇作內容一樣，輕鬆而活潑。他試圖創造活潑的、大衆化的戲劇，以表達嚴肅的思想。

蕭伯納的同時代人威爾斯（H. G. Wells）是一個多產的、很受歡迎的作家；他的作品有虛構的，也有非虛構的。威爾斯和蕭伯納一樣，反對基督教，並信奉一種基於社會進步的「宗教」。他也和蕭伯納一樣相信，沒有政府對生育的控制，進步是不可能的。他說：「唯一眞正和永久的補救世界的方法，是阻止低於一定標準的人群的繁衍，並鼓勵極爲優秀的人群的繁衍……這樣，人才能超出於動物之上；這樣，人才將超出於人之上。」㉓威爾斯相信，國家應該聯合起來，組成大國；整個世界最終應該成爲一個國家。

Anatole France, 1844-1924

11 弗朗斯

安納托・弗朗斯（Anatole France）更傾心的是浪漫豔遇，而不是烏托邦式的雄偉理想。弗朗斯有很多情人。在他看來，愛情使生活豐富多采、激動人心；他用笛卡兒式的語言說：「我愛，故我在。」然而，弗朗斯的愛情豔遇卻沒有爲他帶來幸福。晚年，弗朗斯抱怨說，他連一天、一個小時也沒有幸福過。他從沒有滿足的時候，總是在爲自己力不能及的東西奮鬥。㉔

弗朗斯跟蕭伯納和威爾斯不同，他敬重風格，他總是小心翼翼地遣詞造句。他對作品總是不斷地修改。他說：「我堅持校對八次，我最寶貴的工具是剪刀加漿糊。」不同於普魯斯特，弗朗斯寫出來的都是短句和短篇。弗朗斯的作品很易讀，他在一八九〇到一九三〇年間很受讀者歡迎。

弗朗斯相信，法國具有最優秀寫作風格的作家是蒙田（Michel de Montaigne, 1533-1592）、拉伯雷（François Rabelais, 1493-1553）和拉辛（Jean B. Racine, 1639-1699）等較老的作家。他認爲，跟這些較老的作家相比，十九世紀的法國作家，如夏多里昂（F. R. Chateaubriand, 1768-1848）和福樓拜（G. Flaubert, 1821-1880）都顯得矯揉造作。弗朗斯認爲，最好的風格家是那些不刻意追求風格的作家，是那些自由並自然地寫作的人。他說，十九世紀作家的作品中「處處寫滿了『刻意』二字……他們拼命地爭取效果……他們的目標是成爲風格家。」[25]

弗朗斯除了寫短篇和長篇小說外，還寫過很多批評文章和一部《貞德傳》（Joan of Arc）。弗朗斯相信，文學和文學評論都不應該以達到客觀和非個人化爲目的。在弗朗斯看來，所有的藝術作品都表現作者的精神世界。他問道：「《神曲》要不是有作者但丁的偉大靈魂之表現，我們對它有什麼可崇拜的呢？」在自己的批評文章中，弗朗斯描述他的情感和意見，絕不試圖僞裝客觀。他這樣寫道：「一個好的批評家是這樣一個人：他把自己的靈魂糅合在偉大作品之中。客觀的批評和客觀的藝術一樣，都沒有存在的餘地。」㉖

弗朗斯的虛構作品通常帶有諷刺意味，令人讀來輕鬆，其中很多都基於歷史知識，年代和地點都比較遙遠。比如，他的小說《諸神渴望》（*The Gods Are Athirst*）就是基於他對法國革命的長期研究。弗朗斯相信，文學應該使生活理想化，應該避免惡俗；他指出，古希臘藝術就使生活理想化。弗朗斯不喜歡左拉（Émile Zola, 1840-1902）的嚴酷現實主義，他寫道：「我當然不會剝奪左拉的可惡名聲。在他之前，從未有任何一個人將一堆穢物上升到如此的高度。」

弗朗斯的虛構作品很多，但品質不一。他最好的短篇小說可以編成一本極好的書，而有些短篇小說卻只是二流的。他的某些長篇也只是二流的，如《波納爾之罪》（*The Crime of Sylvestre Bonnard*）、《企鵝島》（*Penguin Island*）。

我推薦一本詼諧的、讀來令人覺得享受的書，這就是布魯遜（Brousson）的《安納托・弗朗斯其人》（*Anatole France Himself*）；書中有弗朗斯對很多問題的評論。泰爾登—萊特（Tylden-Wright）寫的傳記，《安納托・弗朗斯》（*Anatole France*）也很簡練、有趣。

Guy de Maupassant, 1850-1893

12 莫泊桑

莫泊桑（Guy de Maupassant）像弗朗斯一樣，也是語調輕鬆愉快、風格簡潔明晰、直截了當的作家。弗朗斯喜愛莫泊桑的故事，他說莫泊桑「具有法國作家所具有的三大特點，第一，清晰；第二，清晰；第三，還是清晰。」㉘與弗朗斯相比，莫泊桑的故事更少學者氣息，更多生活氣息。弗朗斯的故事常以遙遠的年代和地點為背景，莫泊桑的故事則常以他所生活的年代和地方為背景。

莫泊桑的母親是福樓拜的好朋友；事實上，莫泊桑有可能是福樓拜的親生兒子。

當莫泊桑二十幾歲的時候，福樓拜花了幾年的時間教他小說藝術的技巧；很少有哪個作家對另一個作家有這樣直接的影響。福樓拜教莫泊桑成爲細心的觀察者，教他在所見事物中發現獨有的特點，教他發現被人所忽視的東西。終於，在一八八〇年莫泊桑三十歲的時候，他發表了〈脂肪球〉（Boule de Suif），表明他確實掌握了小說藝術。福樓拜說：「我的弟子寫的〈脂肪球〉是一部敘述、喜劇和觀察的傑作。」〈脂肪球〉成功以後，莫泊桑辭退了他的文職工作，專心從事小說創作，一生共寫作三百多篇短篇小說。後來，他染上梅毒症，四十二歲辭世。

莫泊桑的故事在質量上不像喬哀思的故事那樣一貫，但比較好。喬哀思的目標是成爲文學巨人，莫泊桑則沒有那樣的雄心。莫泊桑的寫作草率了些，他對文學沒有足夠的尊敬。書籍的暢銷和他在經濟上對寫作的依賴，使他寫得太多。他的故事技巧性強，但不深刻；娛樂性強，但沒有哲理。他並不探索人類本性的終極能力。莫泊桑的弱點在他的長篇小說，如《兩兄弟》（*Pierre and Jean*）和《好朋友》（*Bel-Ami*）中，更加明顯。正如喬哀思所說：「我不能說《好朋友》是一部傑作。像莫泊桑的所有作品一樣，它只是一個袖珍小品。」㉙儘管如此，莫泊桑最好的短篇小說仍然具有最好的短篇小說應有的品質；可以肯定，他的聲望在以後很長時間內不衰。我推薦〈脂肪球〉、〈蒼蠅〉（Mouche）和〈女人的一生〉（Madame Tellier's Establishment）。

由於莫泊桑很受讀者歡迎，很多人試圖透過翻譯他的書而獲利。沒有一本標準的英語版莫泊桑著作。他的短篇小說的題目和契訶夫短篇小說的題目一樣，被翻譯得五花八門、各式各樣。爲了避免混亂，翻譯者應該註明法文原文的題目。讀者要小心那些未註明譯者姓名的譯本。

Gustave Flaubert, 1821-1880

13 福樓拜

福樓拜（Gustave Flaubert）不如莫泊桑那樣受讀者偏愛，但批評家們卻對他更加重視。福樓拜比莫泊桑深刻，卻不如莫泊桑活潑、可愛。莫泊桑熱愛生命，福樓拜卻厭惡生命。「我最大的安慰就是，」福樓拜寫道：「早日離開這個世界，而且不去另一個世界；那個世界可能比這個更糟。」福樓拜賦予他最廣爲人知的人物包法利夫人對日常生活的厭倦態度；他曾說：「包法利夫人，她就是我。」㉚

福樓拜性格中抑鬱、自虐的一面，使他以一種極爲痛苦的方式寫作。如果說莫泊桑的寫作來得太容易，福樓拜的寫作則來得太艱難。他會在一個句子上花上幾天的時間。他說：「從風格這個東西被發明的那一天起，沒有一個人像我這樣如此痛苦地追求它。」[31]福樓拜對內容和風格都極爲小心謹慎；比如，他爲了寫《薩蘭波》（*Salammbô*）一書，花了好幾年的時間研究迦太基。他也花了幾年的時間爲寫作《布爾華和貝丘雪》（*Bouvard and Pecuchet*）做準備。然而，現在《薩蘭波》和《布爾華和貝丘雪》都已被人遺忘了。

福樓拜的一生都獻給了文學。和其他偉大作家一樣，福樓拜認眞學習經典，對文學批評毫無興趣。他說：「一個人當不了藝術家才去當批評家，就像一個人當不了士兵才去當間諜一樣。」福樓拜在書的世界裡如魚得水，在瑣事的天地裡卻寸步難行。他寫道：「目前在我和這個世界之間，有那麼大一條裂痕，以致於我有時候在聽到最簡單、最自然的話語時，都會覺得大吃一驚。」[32]

現代讀者對福樓拜的長篇小說，除了《包法利夫人》（*Madame Bovary*）以外，興趣都不大。福樓拜的最佳作品是他的短篇小說《一顆簡單的心》（*A Simple Heart*）、他的長篇《陳詞濫調字典》（Dictionary of Platitudes）和他的私人信件。斯迪姆勒（Steegmuller）所作《福樓拜和包法利夫人》（*Flaubert and Madame Bovary*）是一部優秀的傳記作品。福樓拜的外甥女卡羅琳・康曼維爾（Caroline Commanville）寫的《親切回憶》（*Intimate Remembrances*）是一本很好的簡略傳記；這本書顯示出簡略傳記作品的優越性。㉝

14 其他法國作家

Stendha(Beyle, Marie-Henril), 1783-1842

Honoré de Balzac, 1799-1850

Pierre Corneille, 1606-1684

斯湯達爾（Stendhal）的長篇小說《紅與黑》（*The Red and the Black*）和《帕爾馬修道院》（*The Charterhouse of Parma*）一度享譽甚高。然而，斯湯達爾也像其他早期小說家那樣，逐漸地消聲匿跡了。甚至在十九世紀，有些讀者就懷疑斯湯達爾作品的質量了，如福樓拜。但是，儘管斯湯達爾有缺點，他還是比其他早期的小說家，如史考特（Scott）和雨果（Hugo），要深刻和有趣得多。斯湯達爾的作品中，比小說更有意思的是他的論文《戀愛論》（*On Love*）和他的一些自傳性作品。㉞

巴爾扎克（Honoré de Balzac）的名聲從未高過斯湯達爾，現在則比斯湯達爾跌落得更深。巴爾扎克描寫某一類人物：農民、醫生、貴族等。巴爾扎克不像最優秀的作家所做的那樣，描寫人類本性的普遍現象。正如紀德所說：「二十五歲以前讀讀巴爾扎克還是不錯的；二十五歲以後再讀就很困難了。你得在大雜燴裡折騰多久才能找到一點有意義的東西啊！」㉟巴爾扎克的短篇小說，如《滑稽故事》（*Droll Stories*），讀起來還是很有意思的。

在小說成為一種重要文學形式之前，法國產生了幾位第一流的戲劇家。考耐利（Pierre Corneille，又譯高乃依）和拉辛（Jean Racine）的戲劇創作有一種高貴而華麗的風格，很為當時的貴族觀眾所欣賞。他們的拿手好戲是悲劇。他們的悲劇對透過翻譯閱讀他們作品的現代讀者很少能引起共鳴。另一方面，莫里哀（Moliére）的喜劇卻仍然頗有市場。比如，《厭世者》（*The Misanthrope*）很有趣也很深刻，比任何別的描寫理想主義者的文學作品都更成功。《厭世者》像莫里哀的許多喜劇作品一樣，深藏著一種嚴肅的基調。歌德說：「莫里哀如此偉大，我們每一次讀到他，都被他重新震驚。他是一個特立的人——他的喜劇接近於悲劇。」㊱

西班牙所產生的傑出作家沒有法國那麼多。但是，一篇談論經典著作的文章不提及至少兩位西班牙作家，就不能算是完整的。這兩位作家是塞萬提斯（Cervantes）和卡爾德龍（Calderon）。塞萬提斯的《唐・吉訶德》（*Don Quixote*）在西方文學史上，是最受讀者歡迎、也最受文學界尊崇的作品之一。儘管它的名聲在近代有所減弱，但《唐・吉訶德》仍然是一部讀來有趣的書。除了《唐・吉訶德》，塞萬提斯還寫過戲劇和短篇小說。他的短篇〈狗的會話〉（The Colloquy of the Dogs）被稱為現代心理分析學之先驅。卡爾德龍儘管不如塞萬提斯有名，但人們說到傑出戲劇家時總會提及他。卡爾德龍的名作《生命即夢》（*Life Is a Dream*）在今天還是一部令人難以忘懷的作品。

Jean Racine, 1639-1699

Moliére, 1622-1673

Cervantes, 1547-1616

Milan Kundera, 1929-

15 米蘭・昆德拉

捷克作家米蘭・昆德拉（Milan Kunčera）無疑是二十世紀最優秀的作家之一。他有索忍尼辛的深刻，但他又比索忍尼辛更具娛樂性。昆德拉憎惡甜蜜的浪漫主義；他把它叫做「殼飾」（kitsch）（譯者註：俗定的意譯爲「媚俗」）。昆德拉自己的作品往往苛刻、殘忍，好像他是想要確保別人不說他「殼飾」。然而，昆德拉的苛刻不像索忍尼辛那樣走向極端，他的苛刻不影響他頗具可讀性並娛樂讀者。

昆德拉的小說或許可稱爲「思想小說」或「理想小說」；它們因襲了奧地利小

說家穆叟（Musil）和布勞克（Broch）的傳統。昆德拉既寫小說，也寫非小說；他的最佳作品之一是《小說的藝術》（*The Art of the Novel*），一本極好的文章、隨筆集。

16 莎士比亞和其他英國作家

William Shakespeare, 1564-1616

John Milton, 1608-1674

Henry Fielding, 1707-1754

幾乎沒有一位作家像莎士比亞（William Shakespeare）那樣在英國文學中獨占鰲頭，在其他國家的文學中也樣居於顯要。維吉爾（Vergil）在羅馬文學中的地位、但丁（Dante）在義大利文學中的地位，歌德（Gothe）在德國文學中的地位，和托爾斯泰（Tolstoy）在俄國文學中的地位，都不及莎士比亞在英國文學中的地位高。荷馬（Homer）是唯一在本國文學中，享有和莎士比亞在英國文學中同等重要地位的作家。正如要讓一個古希臘人想像哪位作家可以獲得和荷馬一樣的文學成就，是一件很困難的事情一樣，要讓我們想像哪位作家可以獲得和莎士比亞一樣的文學成就，也是一件很困難的事。希臘文明如果沒有荷馬會是什麼樣子？英國文明如果沒有莎士比亞又會是什麼樣子？荷馬和莎士比亞這樣的作家，是國家的締造者；他們爲他們的國家賦予自身的性格。

閱讀莎士比亞著作的方式應該是精讀，而不是泛讀；讀者不應該試圖閱讀莎士比亞所有的作品。荷馬的作品在質量上比較一致，而莎士比亞的著作在質量上卻各有不同。在選擇閱讀莎士比亞作品的時候，作品的知名度可以做爲選擇的尺度。

最好的關於莎士比亞的傳記作品是盧尼（Looney）的《莎士比亞之眞身》（*Shakespeare Identified*）。大約在一九〇五年，盧尼發現威廉・莎士比亞是牛津伯爵的筆名。盧尼的書至今還是關於這個題目的最佳資料。查爾頓・奧格本（Charlton Ogburn）所著《神祕的威廉・莎士比亞》（*The Mysterious William Shakespeare*）是一部較長的莎士比亞研究，也是以牛津伯爵的身世爲主線而研究的。奧格本的書有現代學術研究的味道，而盧尼的書則沒有。但是，奧格本的書不如盧尼的書可讀性強。

莎士比亞著作的譯文比原文易讀些。譯文可以隨某種語言本身的變化而變動，但莎士比亞的原文卻是不可變動的；變動莎士比亞的語言會被認爲是褻瀆行爲。所以，閱讀莎士比亞原文的讀者就不得不在古英語和過時的詞語中掙扎。

米爾頓（John Milton）的語言比莎士比亞的語言更現代、更可讀一點，而且不乏莎士比亞語言的美麗和豐富。米爾頓和莎士比亞一樣，都受過良好的教育，並有廣泛的閱讀經歷。然而，莎士比亞的作品充滿了行動、生命與現實，米爾頓相較之下，顯得過於書本化，讀來枯燥、無趣。米爾頓有點像牧師，他常試圖向讀者傳遞宗教和道德信息。米爾頓以史詩作品《失樂園》（*Paradise Lost*）著稱，但他篇幅較短的作品，如《酒神》（*Comus*）、《不幸的參孫》（*Samson Agonistes*）和《復樂園》（*Paradise Regained*）等，如果不說它們比《失樂園》讀來更有意思，至少要說它們跟《失樂園》一樣，可以帶來令人享受的閱讀經驗。

在英國小說中，費爾丁（Henry Fielding）的《湯姆・瓊斯》（*Tom Jones*）和斯特恩（Laurence Sterne）的《垂斯特拉安・薛迪》（*Tristram Shandy*）屬上乘之作。儘管費

爾丁和斯特恩的作品是在十八世紀創作的，但它們在今人眼中仍然鮮活。費爾丁的作品有一種淡淡的幽默，令人想起塞萬提斯。斯特恩的作品有一種古怪的智慧，這使他在所有作家中鶴立雞群。歌德稱斯特恩爲十八世紀最自由的精神，尼采則稱他爲有史以來最自由的精神。㊲

史威夫特（Johnathan Swift）的創作期是十八世紀早期；他以他對政治、宗教和人類社會現象尖銳的諷刺而聞名遐邇。《格列佛遊記》（*Gulliver's Travels*）是史威夫特最著名的作品。《澡盆的故事》（*A Tale of a Tub*）譏諷基督教，是一部絕妙作品。

拜倫（Lord Byron）也像史威夫特一樣，其作品既有深刻思想，也具一流風格。拜倫比史威夫特更反對宗教；史威夫特諷刺教堂扭曲基督教原意，拜倫則向基督教的基本教義進行挑戰。在《該隱》（*Cain*）一書中，拜倫爭辯說，惡的存在證明上帝既不是無所不在的，也不是仁慈善良的。拜倫的《該隱》和他的許多作品一樣，是一部爲閱讀才不是爲排演而寫作的戲劇。拜倫鮮明的個人主義色彩使他成爲一個現代人物，一個十九世紀人物形象。這種個人主義色彩在他的劇本《曼弗雷德》（*Ma-*

nfred）中頗為明顯；曼弗雷德說：「我年輕的時光／我的精神不與世人的靈魂同行……雄獅孤獨，我亦孤獨。」㊳

在進入對美國作家的討論之前，我必須提及路易斯・卡羅（Lewis Carroll, 1832-1898）。卡羅的作品有老少咸宜的特點。卡羅的名著《愛麗絲漫遊仙境》（*Alice's Adventures in Wonderland*）和《鏡中奇緣》（*Through the Looking Glass*）既充滿想像又妙語如珠。

Lewis Carroll, 1832-1898

Johnathan Swift, 1667-1745

Lord Byron, 1788-1824

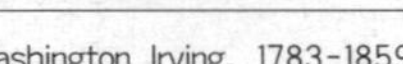

Washington Irving, 1783-1859

Henry Wadsworth Longfellow, 1807-1882

Mark Twain, 1835-1910

17 美國作家

華盛頓・歐文（Washington Irving）是第一個獲得國際聲譽的美國作家。他最著名的作品是《速寫集》（*The Sketch Book*），出版於一八二〇年。《速寫集》中的很多故事都很吸引人，但有點俗不可耐。

朗費羅（H. W. Longfellow）跟歐文相似，作品也常充滿甜蜜傷感的情調。朗費羅的作品在他所生活的年代極爲流行；許多美國人能夠背誦他的詩歌。他最著名的作品也許是《海華沙之歌》（*The Song of Hiawatha*），一篇基於印第安傳說的敘述詩。榮格在他的《轉變的象徵》（*Symbols of Transformation*）一書中，討論了海華沙一詩的心理意義。

馬克・吐溫（Mark Twain）是美國作家中最受人喜愛的；所有人都喜歡讀《湯姆歷險記》（*The Adventure of Tom Sawyer*）、《頑童歷險記》（*The Advanture of Huckleberry Finn*）和《傻瓜威爾森》（*Pudd'nhead Wilson*）。除了長篇小說以外，馬克・吐溫也寫了許多令人賞心悅目的短篇小說。馬克・吐溫對想要重溫童年志趣的成年人吸引力很大，他對想要重溫非文明世界精神的文明人吸引力也很大。

梅爾維爾（Herman Melville, 1819-1891）和霍桑（Nathaniel Hawthorne, 1804-1864）的名字不如馬克・吐溫的名字深入人心，但他們所受到的尊敬卻是同樣的。梅爾維爾早期的一些作品，是爲了取悅讀者和豐富作者而寫的。然而，總的說來，梅爾維爾是一個嚴肅而雄心勃勃的作家。霍桑也是一個嚴肅而雄心勃勃的作家。他們兩人都試圖與英語文學中最著名的作家爭高下，尤其是莎士比亞。他們與莎士比亞爭高下的慾望有時使他們的作品不自然，並具有模仿性，這正像紀德與杜斯妥也夫斯基爭高下的慾望，有時使他的作品不自然、具有模仿性一樣。不管怎麼說，梅爾維爾和霍桑像紀德一樣，寫了一些優秀作品。梅爾維爾的《白鯨記》（*Moby Dick*）深刻之處很多，尤其是其中對宿命思想的處理。他的《比利・巴德》（*Billy Budd*）於描述英雄原型方面，在中篇小說中堪稱一流。

艾德加・愛倫坡（Edgar Allan Poe, 1809-1849）在他生活的年代以詩人和評論家知名，現在卻以短篇小說知名。在所有的美國小說家中，愛倫坡最有天賦、最富原創性，並且，他也是唯一自身對歐洲的影響比歐洲對他的影響大的作家。愛倫坡不模仿他人；他的作品是即興的、自然的。

愛倫坡寫的故事有病態表現，這跟他本人非同尋常的個性有關。法國作家波特萊爾（Charles Baudelaire）的作品也有病態表現，他把愛倫坡的作品翻譯成法文；波特萊爾說，他喜歡愛倫坡，「因爲他像我。」㊴讀者往往喜歡跟自己性格接近的作家。我推薦瑪麗・波拿巴（Marie Bonaparte）的著作《艾德加・愛倫坡之生平與作品》

（*The Life and Works of Edgar Allan Poe*）。瑪麗・波拿巴是拿破崙・波拿巴的後代，是弗洛依德的學生。她的這部著作對弗洛依德的理論進行了很好的介紹。她在書中講述愛倫坡的童年經歷怎樣促使他的個性形成，也促使他的作品成形。我建議讀者先讀愛倫坡的短篇小說《莫格街兇殺案》（*The Murders in the Rue Morgue*），然後讀波拿巴對這個故事的分析。

瓦特・惠特曼（Walt Whitman, 1819-1892）是文學天賦最高的美國作家之一，他對世界的觀察獨特、原始、深奧而神祕。他的名著《草葉集》（*Leaves of Grass*）起初只是一篇短詩，後來逐漸變成一部長詩。我推薦由麥爾考姆・考利（Malcolm Cowley）編輯、企鵝經典出版公司一八五五年出版的短篇《草葉集》。然而，就連這個短篇的版本也是模糊難懂的。惠特曼在創作的最佳狀態中的確是無與倫比的，但他那些陣陣突發的興奮瘋狂，並不形成一個系統的哲學，他那些時時閃現的天才火花，並不說明他是一個完美的藝術家。

跟讀者生活在同一地方和同一時代的想像型作家，具有那些不跟讀者生活在同一地方和同一時代的作家（無論他們是多麼偉大）所無法具有的魅力。一個跟讀者生活在同一地方和同一時代的作家，可以談論讀者自身的經驗，可以描繪讀者所熟悉的環境，可以用讀者自己的語言。我認爲，美國虛構文學最優秀的現代作家是沙林傑（J. D. Salinger）。沙林傑的早期作品《九篇故事》（*Nine Stories*）和《麥田捕手》（*The Catcher in the Rye*）不愧傑作之稱號，但他的後期作品，比如《一九二四年海月十六日》（*Hapworth 16, 1924*）就比較令人失望。

諾曼·波德郝雷慈（Norman Podhoretz）是美國批評家和文章家。波氏寫了一本書，題爲《血腥的交叉路徑》（*Bloody Crossroads*）。這本書裡有一些關於當代作家的好文章，像關於索忍尼辛、昆德拉和季辛吉等。波氏是少有可以被稱爲「文人」的美國作家之一；他的寫作是爲了一般讀者，而不是爲了學者，而且他注重風格——他做爲作者如此，做爲讀者也是如此。

Rabindranath Tagore,
1861-1941

18 泰戈爾

在討論古代文學之前，我願意提一下於一九一三年獲得諾貝爾獎的印度作家拉賓德拉南斯・泰戈爾（Rabindranath Tagore）。雖然泰戈爾寫過一些小說，但他主要以詩作聞名。他的詩作《吉檀迦利》（*Gitanjali*）有點難懂，但裡面有許多極美麗、極深沉的段落；尤其令人嘆爲觀止的是他對死亡的處理。泰戈爾的同時代人，如濟慈（John Keats, 1795-1821）和紀德都崇敬他，甚至在今天的印度，泰戈爾也還是極受讀者歡迎的。

19 古代作家

古代詩歌如果讀譯本是讀不出滋味來的。爲了欣賞古代詩歌，讀者必須讀原文，而這要求讀者花幾年的工夫學習古代語言。二十世紀以前，西方教育大多集中於古代語言的學習。那些懂希臘文和拉丁文的人才算是受過教育的人；那些不懂古代語言的人，就不算受過教育。然而，現在只有少數學者懂希臘文和拉丁文。古代詩歌也從此逐漸被人遺忘。

少數未被遺忘的古代詩人之一是荷馬。荷馬以一種別的詩人，如維吉爾和米爾頓，都未能做到的方式吸引讀者。荷馬的著作無論讀任何譯本都讓人感到是一種享受。愛爾蘭作家派德雷克・寇蘭姆（Padraic Colum, 1881-1972）編了一個極好的荷馬簡明本；寇蘭姆的書題爲《少年荷馬》（*The Children's Homer*），但是它卻是一本成人和青少年都會喜愛的書。

詩歌是原始宗教儀式的派生物，詩歌因而在文學史上較早出現；詩歌先於文章。隨著文明的成熟，最好的作家都轉向文章。敘述體小說在古代文明的後期普及起來。龍格斯（Longus）的《達芬尼斯和科妻》（*Daphnis and Chloe*）是有田園背景的令人陶醉的愛情故事；歌德說：「一個人每年都讀《達芬尼斯和科妻》也沒關係……每年都重溫一下故事，給人的美麗印象。」㊵尼采最愛讀的一本書是培圖尼亞斯（Petronius）的《塞提里孔》（*Satyricon*）；這本書開下流玩笑，但令人輕鬆愉快。福樓拜最愛讀的一本書是阿普留斯（Lucius Apuleius, 125?-250?）的《金驢》（*The Golden Ass*）；這本書就其鬆散的形式與低俗的幽默方面與《塞提里孔》如出一轍。

註釋：

① 英語書籍中關於卡夫卡生平與作品心理研究的最佳作品，大概非保羅・古德曼（Paul Goodman）所著《卡夫卡禱詞》（*Kafka's Prayer*）莫屬。又見魯騰比克（Ruitenbeek）的《心理分析與文學》

（*Psychoanalysis and Literature*）中萊瑟（Lesser）的文章〈卡夫卡的《審判》：罪責之來源與罪責感〉（The Source of Guilt and the Sense of Guilt - Kafka's The Trial）、《歐洲研究雜誌》一九七二年第二號中西巴德（Sebald）的〈未開發的領土：卡夫卡「城堡」中死亡之主題〉（The Undiscoverd Country: The Death Motif in Kafka's Castle）、《美國意象》雜誌一九六六年秋季刊中格婁巴斯（Globus）與皮拉爾德（Pillard）合作的〈塔斯克的「影響機器」和卡夫卡的《流刑地》〉（Tausk's Influencing Machine and Kafka's In the Penal Colony）以及《美國印象》雜誌一九五一年三月號中維伯斯特（Webster）的〈法蘭茲・卡夫卡《城堡》之批評研究〉（Critical Examination of Franz Kafka's *The Castle*）。

② 米爾頓・米勒《懷舊之情：馬賽爾・普魯斯特心理研究》（*Nostalgia: A Psychoanalytic Study of Marcel Proust*），（Milton L. Miller）著。

③ 詹諾池（G. Janouch）著《與卡夫卡對話》（*Conversations With Kafka*）。

④《體驗過去》（*The Past Recaptured*），第三章。

⑤《被俘虜的》（*The Captive*），第一章，第二節。

⑥ 瑟萊斯娣・奧巴雷（Celeste Albaret）著《普魯斯特先生：一段回憶》（*Monsieur Proust: A Memoir*），第二十八章。

⑦《被俘虜的》，第二章，第二節。

⑧《被俘虜的》，第二章，第二節。有一些很有趣的普魯斯特心理研究，比如，尤爾伯格（G. Zilboorg）登載於一九三九年《心理研究季刊》上的〈伊底帕斯情結的發現：馬賽爾·普魯斯特書中章節〉（The Discovery of the Oedipus Complex: Episodes from Marcel Proust），和百考斯基（G. Bychowski）登載於一九七三年春季刊《美國印象》雜誌上的〈馬賽爾·普魯斯特與其母〉（Marcel Proust and His Mother）等文。

⑨廷德（W. Y. Tindall）著《喬哀思讀者指南》（*A Reader's Guide To James Joyce*）；伯爾基斯（A. Burgess）著《關於喬哀思》（*Re Joyce*），或稱《大家來》（*Here Comes Everybody*）；維爾頓·桑頓（Weldon Thornton）著《尤利西斯的暗示：評註表》（*Allusions in Ulysses: An Annotated List*）。

⑩阿瑟·鮑爾（Arthur Power）著《喬哀思談話錄》（*Conversations With Joyce*），第十章。

⑪第二章，第二節。

⑫第十三章，十四節。

⑬麥克斯·布勞德（Max Brod）著《法蘭茲·卡夫卡》（*Franz Kafka*），第四章。高爾基引語來自高爾基的《托爾斯泰回憶錄》（*Gorky's Reminiscences of Tolstoy*），第二章。

⑭ 理查德・艾爾曼（Richard Ellman）著《詹姆斯・喬哀思》（*James Joyce*），第十二章。

⑮ 弗蘭克・伯振（Frank Budgen）著《詹姆斯・喬哀思及《尤里西斯》之問世》（*James Joyce and the Making of Ulysses*），第九章。托爾斯泰關於杜斯妥也夫斯基的評論，見高爾基《托爾斯泰回憶錄》。

⑯《卡拉馬助夫兄弟們》（*The Brothers Karamazov*），第一卷，第三章，第三節。

⑰ 弗洛依德作〈杜斯妥也夫斯基與殺父罪〉（Dostoyevsky and Parricide）。關於杜斯妥也夫斯基的間歇性精神錯亂，見亞莫林斯基（Yarmolinsky）著《杜斯妥也夫斯基》，第五章。關於杜斯妥也夫斯基對《雙面人》（*The Double*）的描寫，見同一書，第八章。除了弗洛依德的文章，杜斯妥也夫斯基研究方面還有其他文章。見以下各種雜誌：《生活》（*Lives*）、《事件》（*Events*）、《另有玩家》（*Other Players*）和梅滋（J. Maze）在《美國印象》雜誌上的文章（一九八一年夏季刊）等。

⑱《第六病房》（*Ward Six*）。

⑲ 高爾基著《我的大學》（*My Universities*）。

⑳ 見曼爾（M. Meyer）著《亨利克・易卜生》（*Henrik Ibsen*），第十五章。

㉑《建築師傅》（*The Master Builder*），第一幕。

㉒ 見《人與超人》（*Man and Superman*）中〈革命者手冊和隨身伴侶〉（The Revolutionist's Handbook and Pocket Companion）一文及《在岩石上》一書前言（*On the Rocks*）。斯泰曼（J. Stamm）的〈蕭伯納的人與超人〉（Shaw's Man and Superman）也是一個對蕭伯納很好的介紹。

㉓ 見《創造人類》（*Mankind In the Making*）中〈提供生命之問題〉（The Problem of the Birth Supply）一文。對威爾斯感興趣的讀者應該讀讀他《期待》（*Anticipations*）一書的後三分之一，還可以讀他的《自傳實驗》（*Experiment in Autobiography*）一書的導言和第八章。.

㉔ 布魯遜（Brousson）著《安納托・弗朗斯其人》（*Anatole France Himself*）。高齡的歌德也認爲自己經歷了極少的幸福。歌德說：「在我七十有五的有生之涯中，我從未有過一個月眞正值得欣慰的時光。生活除了辛勞和煩惱，別無其他。」

㉕ 塞格（N. Segur）著《安納托・弗朗斯談話錄》（*Conversations With Anatole France*）中〈凡爾賽及其浪漫精神〉（Versailles and the Romantic Spirit）一文。弗朗斯關於法文敘述風格的見解跟托克維爾一致。托克維爾認爲，法文敘述文的黃金時代是十七世紀，那時「風格僅僅是思想的工具」。後來，法國作家爲了風格而追求風格。按照托克維爾的說法，最優秀的法國作家以簡潔明快爲目標。《艾力克斯・托克維爾於斯聶的對話與通信》（Correspondence and Conversations of Alexis de Tocqueville With N. W. Senior），一九五〇年八月二十六日。

㉖《關於生平與信件》（*On Life and Letters*），第一卷，前言和《波納爾之罪》（*The Crime of Sylvester Bonnard*）中〈五月〉（May）。

㉗《關於生平與信件》，第一卷，〈土地〉和〈喬治桑與藝術中的理想主義〉（"La Terre" and "George Sand and Idealism in Art"）。

㉘《關於生平與信件》，第一卷，〈莫泊桑及法國小說家〉（M. Guy de Maupassant and the French Story-Tellers）。

㉙鮑爾（Power）著《喬哀思談話錄》（*Conversations With James Joyce*），第十五章。

㉚拉姆伯德著《通信選集》（*Selected Letters*）中第九十八封給喬治・桑的信和斯迪姆勒（Steegmuller）著《福樓拜與包法利夫人：一幅雙人畫像》（*Flaubert and Madame Bovary: A Double Portrait*），第三章，第四節。

㉛《福樓拜與包法利夫人：一幅雙人畫像》，斯迪姆勒著，第三章，第二節。

㉜見《陳詞濫調字典》（*Dictionary of Platitudes*），第一七九頁，倫敦朗代出版社（Rodale Press, London），一九五四年版。又見《通信選集》，一九四五年九月。

㉝杜恩（M. W. Dunne）編撰的《福樓拜全集》（*The Complete Works of Flaubert*）第二卷有很多回憶福

樓拜的細節。對福樓拜感興趣的讀者應該讀他的《通信選集》。

㉞《福樓拜與包法利夫人：一幅雙人畫像》，斯迪姆勒（Steegmuller）著，第三章，第三節。安納托・弗朗斯也對斯湯達爾作品的質量有所懷疑，見布魯遜（Brousson）的《安納托・弗朗斯其人》（*Anatole France Himself*）。

㉟《十部法國小說》（*The Ten French Novels*），選自《藉口》（*Pretexts*），歐布蘭恩（J. O'Brien）編，戴爾出版公司（Dell Publishing Co., Inc.）出版，一九五九年。

㊱《艾克曼談話錄》（*Conversations With Eckermann*），一九二五年五月十二日。

㊲見尼采著《意見與警言彙編》（*Assorted Opinions and Maxims*），第一三三節。

㊳《曼弗雷德》（*Manfred*），第二、三幕。

㊴見路易斯・安特麥爾（Louis Untermeyer）著《現代世界之形成》（*Makers of the Modern World*）中〈波特萊爾〉。

㊵《艾克曼談話錄》，一九三一年三月二十日。

哲學

Philosophy

Arthur Schopenhauer, 1788-1860

1 叔本華

哲學的黃金時代是十九世紀。十九世紀最優秀的哲學家是叔本華、齊克果和尼采。如果有人要我向一般讀者推薦一本哲學著作，那我就推薦叔本華的《短文集與文學作品補遺》（*Essays and Aphorisms*）。如果你覺得哲學既枯燥無味又模稜兩可，那麼，這本書會使你改變看法。叔本華的風格總是明晰易懂，他常向人提供對日常生活的深刻理解。叔本華的文章和隨筆含有那種永不衰老、永不過時的智慧。比如，叔本華談到，「那思想的幻象，無人不受罪於它；起初，它使生命看上去似乎如此長久；但到了最後，當我們回首往事時，才發現它原來是多麼短暫的一段時光啊！」①叔本華的《短文集與文學作品補遺》共八百頁左右；由於其中的某些章節和段落不甚有趣，讀者應該讀簡明本，比如企鵝出版公司的經典著作版。

叔本華對他的《短文集與文學作品補遺》並不重視；他給它的題目是*Pererga and Paralipomena*。這是希臘語「零星與剩餘」的意思。叔本華把他的文章和隨筆看做自己的次要作品，認爲它們沒有他的雙卷巨著《意志與表象的世界》（*The World As Will and Idea*）那麼重要。《意志與表象的世界》跟他的文章一樣明晰可讀，但它討論的不是日常生活，而是形而上的抽象東西。我們不必從頭到尾閱讀該書，這本書比起叔本華的文章，仍然是較爲難懂的。在書中，叔本華表達了他如下的觀點：世界是地獄；人應該放棄生命，不應該追求幸福。他的悲觀主義世界觀在下面這句話中表現得淋漓盡致：「沒有玫瑰不長荊棘。然而，卻有許多荊棘不長玫瑰。」②

叔本華以悲觀主義和厭女症知名。這些特徵使許多現代讀者看不到叔本華著作的優點。對哲學持嚴肅態度的讀者會發現《意志與表象的世界》是哲學著作中的佼佼者。對叔本華生平感興趣的讀者應該去讀海倫•欽莫曼（Helen Zimmern）所寫的

〈叔本華生平〉（Biography of Schopenhauer）。

叔本華寫《意志與表象的世界》的時候只有二十幾歲；該書出版於一八一八年，叔本華才三十歲。書出版後，絲毫沒有引起公衆的注意。那以後的三十五年裡，叔本華住在法蘭克福，是個靠遺產過活的單身漢，對將來出名充滿希望。叔本華最喜愛的哲學家是康德（Immanuel Kant, 1724-1804）。康德每天的活動極有規律，他的鄰居可以按照他下午散步的時間確定當時的鐘點。叔本華向康德學習，也把日常生活安排得有條不紊：他每天早上七點起床，不吃早餐便投入寫作，直到中午。然後，他一天的寫作便告結束。午餐後的半小時，他練習吹長笛。他吃午餐的地方叫「英國餐廳」；他每天都在桌上放一個金幣，發誓假如鄰桌的英國軍官們聊天，除了馬和女人以外還有別的話題，他就把那個金幣送人。午餐後，他讀書，直到下午四點，然後散步兩個小時，風雨無阻。六點，他去圖書館看報。晚上，他去劇院或音樂會，吃晚餐，然後睡覺。

一八五一年，叔本華出版了他的論文集，並說：「我非常高興看到我最後一個孩子的出世；我終於完成了我在這個世界上的使命。我眞的覺得從肩膀上卸下了擔負二十四年的重擔。誰也不能想像這對我意味著什麼。」③這本論文集給叔本華帶來他一直期待的聲譽；一位英國文學評論家對叔本華的文章印象頗深，他寫了一篇評論文章。這引起了對叔本華文章集的連鎖反應，也使他從此聞名於世。

叔本華死於一八六〇年，堅信他的著作將永垂不朽。十九世紀九〇年代，叔本華的聲譽被尼采超越。儘管叔本華現在仍然屈居尼采的陰影之中，但在有鑑別力的讀者眼中，叔本華將長久地占據有文字史以來，最深刻的思想家和最完美的風格家的地位。

那麼，叔本華在哲學歷史上地位如何呢？叔本華是黑格爾（Gerog W. F. Hegel, 1770-1831）的敵人、康德的學生和尼采的老師。他對黑格爾極爲蔑視；他親眼見過黑格爾，他說，從黑格爾的頭型和眼神，就可以看出黑格爾不是天才。但是，他卻認爲康德是位偉大的思想家；他自己的形而上學就起步於康德止步的地方。叔本華對尼采的影響不可忽視。然而，尼采的很多見解與叔本華相左。尼采在他的很多著作中爲生命正言和對生命加以肯定；尼采堅決反對叔本華的悲觀主義。

Søren Kierkegaard,
1813-1855

2 齊克果

齊克果（Søren Kierkegaard）跟叔本華一樣，也是在黑格爾的影響下逐漸成熟的。叔本華對黑格爾充滿敵意並試圖忽略他，但齊克果卻認眞對待黑格爾，他大量採用黑格爾用語，並花了很多時間答覆黑格爾的論證。黑格爾致力於研究形而上、邏輯和歷史；他很少注意個人，也很少注意倫理。齊克果卻堅持認爲個人是最基本的重點所在。他的著作以宗教和倫理爲中心內容；他爲了孤獨的個人而寫作。叔本華是無神論者，齊克果則篤信基督教。齊克果在對宗教的熱忱中攙入幽默感。在所有的哲學家中，齊克果最富有幽默感；在這方面，他可與卡夫卡媲美。如果你想體驗一下齊克果幽默和詩意的一面，那你就應該去讀《這樣或那樣》（*Either/Or*）的前幾頁。

齊克果短暫的生命充滿了強烈的戲劇性；他的著作與他的生活經歷密切相關。齊克果生命中發生的三個重大事件是：他與瑞基娜・奧森（Regina Olsen）短暫的婚約、丹麥一家叫做《海盜》（*The Corsair*）的報紙對他的無情嘲弄，以及他對丹麥國教的公開批判。沃爾特・勞瑞（Walter Lowrie）寫了兩部齊克果傳，一部短，一部長。長的那部堪稱是所有傳記作品的最佳之作；實際上，它在迄今爲止所出版的各類書籍中也堪稱上乘。這部傳記從齊克果的著作中引用了很多段落，簡直可以認爲是齊克果本人所作。對齊克果感興趣的讀者應該從讀這本傳記開始。相較而言，齊克果本人的有些著作倒稍嫌枯燥、抽象和黑格爾化了。

在齊克果的所有著作中，我個人的最愛是他的《誘惑者的日記》（簡明本）（*Journals*）、《觀點》（*The Point of View*）、《當今時代》（*The Present Age*）和《進攻基督教世界》（*Attack on Christendom*）。在需要的時候，齊克果能夠表現出最深沉的嚴肅感，這在他的《進攻基督教世界》一書中得到證明；《進攻基督教世界》在修辭方面具有驚世駭俗的力量；這裡我試舉一例：「像現在這樣介入對上帝的公開崇拜是一個罪行，一個嚴重的罪行，因爲現行的崇拜方式距離眞正的神聖崇拜實爲遙不可及。」④《進攻基督教世界》語言清晰、易讀易懂。這本書唯一的弱點是篇幅過長，它需要節略。

齊克果預見到他的傳記將比他的著作對後代讀者更有吸引力。他寫道：「總有一天，不但我的作品，尤其是我的生平，將被人們反覆研究。」⑤由於齊克果的生活故事極爲有趣，也由於他很少被人了解，我願意在此用一點篇幅，簡要地講述一下齊克果的一生。

齊克果於一八一三年生於丹麥哥本哈根。他和叔本華一樣，靠遺產過活。他的父親擁有製襪廠，他享受丹麥王恩准的行業壟斷。齊克果敬畏父親，在父親死後尤其如此；他把自己的許多書都題獻給他的父親，他稱他父親爲「這個城市已故的製襪人」。「我父親的死，」齊克果寫道：「對我來說是一個可怕的打擊。我從未告訴過任何人這個打擊對我來說是多麼地可怕。」⑥在齊克果的書和日記中，關於他父親的記述處處可見，但他從未提及過母親。他的母親是一個女傭，父親使她懷了孕，然後才跟她結婚。

齊克果說他的父親是一個意志堅強的人，並說父親把這個品質傳給了他。歷史上很少有人懷有像齊克果那樣強烈的、內在的意志力量。齊克果小的時候，如果在學習中遇到困難，「如果一個小時後他用盡心思也沒有成功，他就會轉而採用一個簡單的辦法。他把自己關進自己的房間，把房間弄得盡可能帶些喜慶氣氛，然後響亮而清楚地說：『我想要。』他是從父親那裡學到這一點的：一個人只要想做，就能做……這種經歷給索倫（譯註：Søren，齊克果的名字）灌輸了一種難以描述的驕傲感。對他來說，如果有什麼事是人想做而不能做的，那簡直就不可思議。」⑦

齊克果在少年時代就表現出他父親的一種氣質：憂鬱。他寫道：「我一出生，就已是一個老人。我的成長完全省略了兒童時代和青年時代。與其他人不同的是我所經歷的痛苦。當然，在那個時候，我願付出一切代價使自己與他人相同，哪怕只是一會兒。」⑧齊克果像大多數作家、藝術家、尤其是哲學家一樣，性格極為內向。「他一生中從未向任何人傾訴過衷腸，也從不期待任何人向他傾訴衷腸。」⑨內向和憂鬱往往是形影不離。

因爲他有極強烈的意志和很高的天賦，齊克果感到他除了無法擺脫自己憂鬱的性格外，無所不能。齊克果跟叔本華一樣，對自己和自己的才能非常自信。他寫道：「我從來沒有想到過，在我生活的年代有任何一個人能夠超越我，或者有這樣一個人曾經出生過。」⑩然而，齊克果也有叔本華的那種憂鬱氣質。他說：「我是天底下最痛苦的人。」⑪按照亞里士多德的說法：「所有的天才都是憂鬱的。」⑫

當齊克果二十五歲的時候，他遇到了一個十四歲的女孩，名叫瑞基娜•奧森。齊克果與她一見鍾情。他等了長長的三年，才開始提及婚姻。瑞基娜告訴他，她喜歡上她以前的一個老師福里茨•史雷格（Fritz Schlegel）。齊克果說：「你可以永無休止地談論福里茨•史雷格，但那一點用也沒有，因爲我將擁有你。」⑬不用說，瑞基娜同意跟齊克果訂婚。

第二天，齊克果體認到自己犯了一個錯誤。當他追求她、想要贏得她的時候，他對自己堅信不移，但一旦她說了「好吧」，他卻另有想法。他這樣描述當時的情形（這裡他用「他」指自己）：「當考驗仍在繼續的時候，他沒被難倒。然後，她投降了，他被一個妙齡女郎全身心地愛著了。這時候，他鬱悶起來；這時候，他的憂鬱症復甦過來；然後，他便敗下陣來。他可以戰勝整個世界，但不能戰勝自己。」⑭

齊克果像很多智者一樣，對婚姻持懷疑態度。卡夫卡爲婚姻問題掙扎了很久。他說：「度蜜月這個想法讓我覺得毛骨悚然。」⑮卡夫卡覺得自己的情形跟齊克果有相似之處。齊克果也是一想到度蜜月就覺得毛骨悚然。他說，他的愛情使他當時無比幸福，但他一想到時間，就感到絕望。他說：「我比她老了一千歲。」

因此，齊克果解除了與瑞基娜的婚約。哥本哈根人都被這樁醜聞震驚了，他們認爲齊克果就是他所裝扮的那種流氓。齊克果發誓絕不再愛另一個女人：「你要知道，你必須把除她以外絕不再愛另一個女人當作幸福，你必須把絕不再愛另一個女人看作一種殊榮。」⑯齊克果堅守誓言。瑞基娜後來跟她從前的老師福里茨·史雷格結了婚。

齊克果跟瑞基娜的關係影響了他的一生；他的書和日記有許多地方涉及這一段感情。齊克果這樣總結他們的關係：「她愛的不是我英俊的鼻子、漂亮的眼睛、小巧的雙腳，也不是我過人的智力，他愛的僅僅是我。然而，她並不了解我。」⑰

儘管齊克果是伴隨著基督徒信仰長大的，但他越是成年，對宗教的情感便越是淡漠。到他二十三歲的時候，他就徹底地變成了虛無主義者，曾認眞地考慮過自殺。他二十五歲時，父親去世了，這一崩潰性事件使齊克果從虛無主義中振作起來。齊克果二十八歲時解除了與瑞基娜的婚約；他對生活的態度變得更加嚴肅了。他再也不遠離生活，再也不反對生活了。

齊克果三十五歲時，終於獲得他一直以來尋找的基督信仰。他終於成了一個健全的人；他終於可以戰勝他的憂鬱症和他的虛無感。他在日記中承認：「我的本性變了……我在上帝的幫助下找回自己。我相信，現在上帝將幫助我戰勝我的憂鬱。」⑱他談及「一種永不枯竭、永遠新鮮的歡樂之源泉，這就是：上帝就是愛。」⑲他學會了不僅愛上帝，也學會了愛自己。他說：「信上帝要求我愛自己，要求我徹底拋棄厭惡自己的憂鬱，這對一個憂鬱的人來說簡直是一種欣喜。」⑳

齊克果想與瑞基娜重建聯繫，想成爲她家的朋友。但是他的努力被拒絕了；那扇門對他永遠地關閉了。齊克果卒於一八五五年，享年四十二歲。影響齊克果一生最深的是兩個人，他的父親和瑞基娜。他曾說：「我的一切都歸功於一個老人的智慧和一個女孩的單純。」㉑

Friedrich Nietzsche, 1844-1900

3 尼采

尼采（Friedrich Nietzsche）生於一八四四年。他出生在一個上層社會人家。他小的時候，進了舒波富塔（Schulpforta）學校，這是一所在德國聲望極高的學校。對尼采一生最有決定性作用的事件發生在尼采只有四歲的時候：他的父親去世了。這一事件一定對年幼的尼采有重大影響，一定是造成他性格不穩定的一個重要因素；他的性格不穩定後來發展成瘋狂。尼采是天才接近於瘋狂這一說法的例證；按柏拉圖的說法，天才是「神聖的瘋子」。

尼采是一個優秀學生。他二十五歲就做了語文學（古代語言和文學）教授。此時，他還發現了叔本華的著作；叔本華的著作給尼采留下深刻的印象。尼采認為自己不但是叔本華的讀者，還認為自己也是叔本華的「學生和兒子」㉒。叔本華對尼采來說，是一個父親。沿著叔本華的腳印，做一個哲學家，成了尼采生命之目的。

尼采二十四歲時結識了歌劇的始作俑者華格納（Richard Wagner, 1813-1883）。他們第一次見面就討論了叔本華這個兩人都敬佩不已的人。華格納比尼采年長三十一歲，又已經是個著名人物，所以，他很自然地成了尼采的父親式朋友。尼采崇尚華格納的歌劇，到了他想花費畢生的精力把它們介紹給全世界的地步。尼采的第一本書《悲劇的誕生》（*The Birth of Tragedy*）盛讚華格納的歌劇，說它們可以跟古希臘的悲劇同日而語。雖然尼采後來中止了與華格納的友情，但他們的分手是心平氣和的；尼采把他和華格納的友情看做他一生中最美好的經歷。

尼采三十出頭時，得了重病——病得很厲害，不得不辭去教授的工作，甚至差點兒喪命。之後，他開始內省，閉門思過。這一時期是尼采成為尼采的時期。現在他必須不再做華格納的兒子和叔本華的兒子，現在他必須成為他自己，他必須成為一個有個人特色的別人的父親。他的下兩本書，《人性的，過於人性的》（*Human, All-Too-Human*）和《曙光》（*Dawn*），便都是擺脫華格納和叔本華的獨立宣言。

尼采和齊克果一樣，都是在成年的過程中，性情變得逐漸開朗起來，並能較爲平和地對待自己。在他的下一本書《快樂原理》（*The Gay Science*）中，尼采寫道：「解放的明證是什麼？是不再面對自己感到羞愧。」[23]尼采終於從內心障礙中解放出來了。他接受了自己；他接受了生命，包括疾病和死亡；他接受了世界。其實，尼采對這一切何止接受，他簡直到了欣喜若狂的肯定地步。在他的下一本書《查拉圖斯特拉如是說》（*Thus Spoke Zarathustra*）中，尼采達到了文學史上少有的（假如眞有人達到過的話）鼓舞人心的高峰。

尼采著作的主題之一是批判道德。尼采強調說，道德，指聖人所實踐和哲學家所鼓吹的那種道德，並不像我們想像得那麼純粹和神聖；它也不像我們想像得那樣，對人類是健康有益的。尼采認爲，聖人，所謂「好人」，有著各種各樣的行爲動機，這些動機可能包括對權力的慾望、對他人的敵意以及對生命本身的仇視。總之，聖人也是被那些「人性的，過於人性的」動機所推動的。

尼采對道德的態度跟叔本華對道德的態度不盡相同。叔本華反對傳統宗教，擁護無神論，但是，他對傳統道德體系持同情態度。尼采比叔本華走得遠些，他既反對傳統宗教，也反對傳統道德體系。當人多數道德理論家，包括叔本華在內，都主張放棄生命時，尼采卻對生命加以肯定，並擁護非宗教價值觀。尼采如此哀嘆強調「來世」的舊觀點：「『世外』這個概念，即所謂『眞正的世界』，它之所以被製造出來，是爲了貶低實際存在的唯一世界的價值——是爲了使我們在世俗的現實中毫無目標、毫無理智、毫無作爲地生存！」㉔

尼采的著作中沒有那種人們在叔本華的著作中可能看到的康德式冗詞贅語，也沒有那種人們在齊克果的著作中可能看到的黑格爾式冗詞贅語。尼采反對德國的哲學傳統，反對康德和黑格爾的傳統。尼采仿效法國哲學家蒙田（Montaigne）、拉羅什富科（La Rochefoucauld）和拉布呂耶爾（La Bruyere）等。儘管尼采用詞平實，但他的句子卻略嫌複雜，其表現的思想也常嫌牽強。因此，尼采的著作，尤其是他早期的著作比較難懂。尼采後期的著作有一種令人振聾發聵的品質，卻比早期著作更易讀些。

尼采所寫得最可讀、最簡明、最有力的書是他的自傳體著作《瞧，這個人！》（*Ecce Homo*）。還有，《查拉圖斯特拉如是說》的第一部分、《偶像的黃昏》（*Twilight of the Idols*）和《上帝之死》（*Antichrist*）也值得推薦。對尼采的個性感興趣的讀者應該去讀《與尼采交談》（Sander Gilman 編撰）這本書。

尼采是個多產作家；雖然他主張文字簡潔，但自己並沒有做到這一點。如果尼采的著作能夠得到行家的精簡，那它們將會是獨一無二的。在思想的深刻性和文字的悲愴感方面，至今還無人可與尼采比肩。

對尼采的天才持懷疑態度的人，應該考慮以下三個事實：

1.尼采在心理學方面的天賦；弗洛依德說，尼采的「猜測和直覺往往極爲令人吃驚地與精神分析學艱苦發現的結果相吻合」。㉕

2.尼采的寫作風格，即他的德語表達能力；托馬斯•曼（Thomas Mann）說，尼采和海涅（Heine）是德語敘述文大師。

3.尼采在預言方面的天賦；尼采死於一九〇〇年，但他卻預見到了二十世紀可能發生的重大事件，比如世界大戰、弗洛依德心理學的崛起等。

Ralph Waldo Emerson,
1803-1882

4 愛默生

尼采最喜愛的作家之一是愛默生（Ralph Waldo Emerson）。他對愛默生著作中樂觀、肯定、積極的基調讚賞有加。愛默生的樂觀與叔本華的悲觀大相逕庭。愛默生最喜愛的作家是最爲樂觀的哲學家蒙田。愛默生在寫作中力圖效法蒙田。他寫作的目的不是擴展知識的疆界，而是幫助人們生活，鼓舞人們向上。「英雄主義的特點，」愛默生寫道：「在於他的堅韌。人都有徘徊的瞬間、情感的突發和慷慨行爲的衝動。但是，當你選定了你的角色，你就要堅守它，不要軟弱地讓自己順從於世

界。」㉖

愛默生的最佳作品是他的《日記》（*Journals*），我推薦布里斯・派力（Bliss Perry）的節略本，只有三百頁左右。愛默生的《日記》是美國書籍當中最優秀的一部著作——比他的《散文集》（*Essays*）好，也比梭羅的《湖濱散記》（*Walden Pond*）好。這本書在其多樣化，深度方面令人想起艾克曼（Eckermann）的《歌德對話錄》（*Conversations With Goethe*）。愛默生的《日記》和齊克果的《誘惑者的日記》一樣，也是一本隨筆著作。至於愛默生的文章，我最喜歡的是《美國學者》（*The American Scholar*）、《自力更生》（*Self-Reliance*）和《梭羅》（*Thoreau*）。愛默生的叙事風格完美，但他的文章有時稍嫌冗長。

Henry David Thoreau, 1817-1862

5 梭羅

愛默生的朋友兼鄰居梭羅（Henry David Thoreau）以《湖濱散記》（*Walden Pond*）一書著稱。《湖濱散記》的前三章在所有哲學作品中堪稱一流。梭羅的風格是實際、生動和雄辯的。他的樂觀態度跟愛默生的很像。梭羅提倡簡單而節儉的生活，批評大多數人過著複雜而忙碌的生活。他寫道：「人們的頭腦忙於工作和掙錢……，一個愛爾蘭人看見我在地上往筆記本裡寫著什麼，他想當然地以爲我是在計算我的工錢，並眞的向我打聽計算結果，好像他從來也不曾夢想到寫字還有什麼別的用途。」㉗

梭羅對自然的熱愛使他備受當代讀者的歡迎，比愛默生更受歡迎。「世界存活在大自然之中，」梭羅這樣說道：「我景仰森林、草地和玉米生長的靜夜……希望和未來對我來說，不在草坪和修整過的土地，不在城鎮和市區，而在神祕莫測、生動不已的泥沼。」㉘梭羅能跟各種野生動物交友，他的朋友包括鳥、青蛙和土撥鼠，他會吹著口哨召喚朋友到他的手上來吃食。

梭羅在麻省康考德鎮的樹林和田野裡度日，他蒐集箭頭（譯註：印第安人做箭頭用的錐形石塊）、草木、鳥巢等物，然後把它們放進自己的私人收藏。有時他也遠足，到鱈魚角（Cape Cod）、卡塔丁山（Mt. Katahdin）、白山（The White Mountains）等地。他寫了幾本遊記，其中最好的非鱈魚角那本莫屬。梭羅和愛默生一樣，也經常在康考德講習會演講和誦讀。在梭羅講鱈魚角的那次，愛默生說：「聽眾們笑得眼淚汪汪。」㉙

愛默生讓梭羅在他華爾騰湖畔的地上建了一座小屋；這促成了梭羅對簡樸生活的著名實驗。梭羅在一次康考德講習會的演講中，描述了他在華爾騰湖的生活方式；愛默生說，聽衆「都爲他演講中的機敏和智慧傾倒。」㉚第二天，梭羅不得不再做一次演講，彌補上次沒有出席的聽衆的損失。聽衆的熱烈反應使梭羅將演講詞擴展成了一本書，這就是《湖濱散記》。

梭羅最好的作品是《湖濱散記》、他的日記和以下兩篇文章：〈散步〉（Walking）和〈無原則生存〉（Life Without Principle）。梭羅的《日記》有很多種節略本；我推薦《梭羅日記菁華》（*The Heart of Thoreau's Journals*）。沃爾特・哈丁（Walter Harding）寫了一本獨具特色的梭羅傳記，叫做《亨利・梭羅的日日夜夜》（*The Days of Henry Thoreau*），梭羅迷們會對這本書愛不釋手。

梭羅居住在華爾騰湖期間，曾由於拒不繳納稅收而被捕入獄。梭羅堅決反對奴隸制，他不願意用他繳的稅去支持一個維護奴隸制的政府。當梭羅的一個親戚替他繳了稅，獄卒告訴梭羅可以出獄的時候，梭羅「暴跳如雷」㉛，並拒絕出獄，原因是他想以行動喚起民衆對他政治觀點的注意；最後，獄卒不得不強令他離開。基於這一經歷，梭羅寫了〈公民反抗〉（Civil Disobedience）一文。在這篇文章中，梭羅論證說，個人應該服從的是自己的良心，而不是法律；衆人的消極反抗有可能使政府改變政策。〈公民反抗〉影響了反對英國在印度統治的甘地，也影響了爲美國黑人爭取權益的馬丁・路德・金恩（Martin Luther King）。

一八六二年一月，梭羅四十五歲，他染上了肺結核，奄奄一息。他的兩個朋友，從河上溜冰而下，來探望梭羅。他們後來談到這次探望時說：「他看上去很高興，見到我們，說我們來得正是時候……當時正是風雪交加的時候，我想，這使他談鋒更健，簡直有登峰造極之美，一如既往的誠懇和一如既往的有趣並存。」當他的朋友問他，他是否相信基督時，他說一場大風雪對他比基督更有意義。朋友中的一個對他說：「你似乎接近了黑暗之河的邊緣。你對下一個世界有什麼看法？」梭羅說：「世界要一個一個地看。」一八六二年三月，一個鄰居去看望梭羅。這個鄰居後來告訴愛默生，他「從未經歷過另一個比這更滿意的時辰。從未看見過一個人以那樣的喜悅和那樣的和平離開人世。」梭羅在他最後的時日裡，還在寫作關於緬因州的書，在那裡，他最後的一句話只有兩個字：「麋鹿」和「印第安人」。㉜

Thomas Carlyle, 1795-1881

6 卡萊爾

卡萊爾（Thomas Carlyle）生於一七九五年，比愛默生年長八歲，比梭羅年長二十二歲。雖然，卡萊爾是他所生活的那個時代知識分子的主要代表，但在今天卻被大部分人遺忘。他寫過很多文章和幾部篇幅較長的歷史著作。卡萊爾以他的英雄崇拜說聞名；他強調歷史上偉大人物的重要性。卡萊爾認為，最好的政府是一個偉大的個人掌有無限權力的政府。

卡萊爾的另一個著名貢獻，是他向英語世界介紹了德語作家和德國思想。卡萊爾學習德語的時候，英國知識分子中很少有人懂德語。卡萊爾寫了一部席勒（Schiller，德國詩人、戲劇家）傳記和一部關於德國軍事家腓特烈大帝（Frederick the Great）的多卷本著作。

卡萊爾是一個右傾的思想家，他反對在他那個時代盛行的自由主義和功利主義學說。他對當時正處發展階段的民主和小商業社會持激烈的批評態度，特別是對美國這個民主和資本主義正在全面發展的國家。他說：「我的朋友，先不要吹噓我們的美國表親吧！他們的棉花、美元、工業和資源的數量，我相信幾乎是難以計數的；但是，我絕對不能崇拜對這些物質的喜愛。那個地方產生過我們可以崇拜或可以忠實敬仰的偉大靈魂、偉大思想或任何偉大而崇高的東西嗎？」㉝在卡萊爾的著作中，我最喜歡的是《衣冠楚楚》（*Sartor Resartus*）這部自傳體小說。雖然卡萊爾缺乏智慧和優雅，但他是英語國家所產生最深刻的思想家之一。

卡萊爾的談話藝術具有傳奇色彩；達爾文說卡萊爾「是我所認識的最值得聆聽的人」。愛默生的英國之行也是專門爲了跟卡萊爾談話而成行的；他把卡萊爾稱作「談鋒極健的人，其談話完全與其作品一樣非比尋常，我甚至認爲他說的比寫的更好。假如你不見他一面，你永遠也不可能知道他的底蘊，不知道他將要做的比他已經做的要多得多。」[34]卡萊爾對人有敏銳觀察力，他爲我們留下許多不可忘懷的關於同時代人的描述，這包括柯立芝（Coleridge）、華茲華斯（Wordsworth）和維多利亞女王（Queen Victoria）。愛默生說，卡萊爾的長處不在於他抽象思考的能力，而在於他抓住一個人或者一個時代本質的能力。[35]卡萊爾運用自己這一能力，創造了一種高度詩歌化的歷史研究。彌爾（John Staurt Mill）說，卡萊爾的《法國革命》（*French Revolution*）與其說是歷史，不如說是史詩，『然而』卻又是最眞實的歷史。」[36]

Oscar Wilde, 1854-1900

7 王爾德

奧斯卡・王爾德（Oscar Wilde）具有卡萊爾所缺乏的智慧和優雅。雖然王爾德被公認為戲劇家，但他的哲學對話也寫得極為出色。王爾德在十九世紀末卡萊爾死後不久，達到了他名譽的頂峰。和卡萊爾一樣，王爾德也對現代社會持批評態度，特別是對新聞業。他說：「在美國，總統只統治四年，而新聞界則可以永永遠遠地統治下去……美國的新聞界已將其權威延展到最惡劣、最殘忍的極端。」㊲事實上，我們到現在為止所談及的幾個哲學家都對現代新聞業深惡痛絕。

王爾德才思敏捷，說起話來妙語如珠，在他的作品中，警言絕句比比皆是。他說：「要當希臘人，就得不穿衣服；要當中世紀人，就得不要肉身；要當現代人，就得沒有頭腦。」[38]除了才思敏捷外，王爾德還極爲自信；有一次，他去美國旅行。他對海關官員說：「除了我的天才之外，我別無其他需要申報。」[39]

王爾德的最佳作品是他的談話錄《充當藝術家的批評家》（*The Critic as Artist*）和《謊言的衰退》（*The Decay of Lying*）、他的文章〈社會主義制度下人的靈魂〉（The Soul of Man under Socialism）和他的童話故事。王爾德的談話錄可以與柏拉圖的談話錄媲美。王爾德的談話錄主要涉及審美學，也討論現代生活和現代社會。王爾德的童話故事的確老少皆宜，其中《快樂王子》（*The Happy Prince*）是其中的佼佼者。他的小說《美少年格雷的畫像》（*The Picture of Dorian Gray*）有點兒病態，但寫得很好，讀起來頗有趣味。他的劇作很優雅耐讀，但卻缺乏想像力。王爾德是一個太好的散文家和批評家，正是這一點，使他無法成爲偉大的藝術家。

王爾德和齊克果一樣，一生短暫、多事而悽慘。他也和齊克果一樣，受到報界的無情諷刺。王爾德在早年成名後，似乎感到一種自暴自棄的衝動。他的同性戀醜聞導致高度公開化的法律訴訟，以致入獄。他死時只有四十六歲。艾爾曼（Ellman）寫的〈王爾德生平〉（Biography of Wide）要不是篇幅過長的話，本應是不錯的。多數現代傳記都需要「減肥」。

John Stuart Mill, 1806-1873

8 彌爾

十八世紀末正值法國革命時期，封建主義餘孽被風捲殘雲，烏托邦理想乘虛而入，理性、民主和教育似乎可能創造一個嶄新的、較好的世界。在英國，推崇這些激進思想的有兩個主要人物，一個是傑若米・邊沁（Jeremy Bentham, 1784-1832），另一個就是詹姆斯・彌爾（James Mill, 1773-1836）。邊沁和彌爾提倡功利主義哲學，也就是說，他們相信政府的目標應該是爲多數人謀求最大的幸福。他們相信，他們的著作將有利於改善世界，他們希望在他們死後，有人繼續他們的寫作。由於邊沁沒有兒子，他們選擇了詹姆斯・彌爾的長子約翰・史都華・彌爾（John Stuart Mill）爲他們的接班人。

約翰・史都華・彌爾生於一八〇六年。他兩歲的時候，邊沁和詹姆斯・彌爾就開始爲他籌畫教育藍圖了。約翰・彌爾三歲就開始學習希臘文，幾年後他又開始學拉丁文。約翰・史都華・彌爾的教育在文學史上是最嚴格和最有系統的一種，它是英國激進派觀點的一種演示；這個觀點就是：理性和教育能夠改變人的本性及其社會。

約翰・史都華・彌爾二十歲時，開始對自己的目標產生懷疑。終其一生，他都在努力教育自己，改進社會；然而，他意識到，即使他所欲求的所有改進目標都實現了，他也不會感覺到巨大的幸福。他陷入了沮喪情緒，這種情緒延續了好幾個月。當他終於從沮喪中掙扎出來時，他成了一個完全不同的人：接納了詩歌、藝術、音樂和自然；像尊崇理性一樣地尊崇情感；他堅持認爲，任何烏托邦理想都應該爲個人情感和個性留有餘地。

彌爾擺脫了他的沮喪情緒，但是，也失去了一些改革派朋友，他感到孤單。這時，他遇到了哈麗葉特•泰勒（Harriet Taylor），並和她建立了長期的、柏拉圖式的感情聯繫。彌爾對哈麗葉特•泰勒的思維能力有很高的評價，這無疑是他成爲女權主義提倡者的緣由之一。

彌爾寫了一些關於邏輯和經濟的巨著，但今天他最受歡迎的讀物是一本題爲《自由論》（*On Liberty*）的小書。在這本書中，彌爾以一個預言家的口氣批評了他的同時代人：「英國的偉大現在全在於它的集體性：個人變得渺小了，我們只有依靠組合的習慣才能顯得有能力做一番像樣的事業；對此，我們的道德家和宗教慈善家們心滿意足。然而，卻是另外一種人，而不是這樣一種人，使英國成爲她現在這個樣子；我們也將需要另外一種人來防止英國的衰敗。」[40]

彌爾對集體行爲及組織活動的批評使人聯想起齊克果。齊克果在他的著作《當今時代》（*The Present Age*）中哀嘆說，個人在公眾中消失；彌爾在《自由論》中闡述了同樣的觀點。公眾形象的代表是報紙，齊克果和彌爾都對報紙在現代世界的巨大權力有所論述。彌爾說：「大眾現在不再聽取教會和國家首要人物的意見了，也不再從任何領袖或書本那裡獲取觀點了。他們的思考已經由和他們差不多的人們代

替了；這些人透過報紙以大眾的名義對大眾發表意見。」㊶

彌爾把哈麗葉特．泰勒看做自己的女神，他也把她當成著作合作者。當哈麗葉特的健康狀況開始惡化時，彌爾急於在哈麗葉特喪失能力之前重溫他們曾經談論過的一些思想。他催促哈麗葉特幫助他寫出那些可能成為「未來讀者的精神食糧」的著作、那些將集中表達他們二人思想的著作、那些有可能在將來為了大眾閱讀方便而簡化的著作。《自由論》是他們這項努力的一個結果，它的確成了未來讀者的「精神食糧」。《自由論》包含了二十世紀兩個最著名理論的種子：奧特加（Ortega）的「群眾反叛」理論和黎斯曼（Riesman）的「內向」性格理論。

彌爾發出了關於共產主義的警告，也發出了關於會造成自由滅亡的烏托邦理想的警告。他對經濟的興趣並沒有使他忽略非經濟因素的重要性。他寫道：「人的生命被合理地用來完善和美化人的創造。在這些創造中，最重要的無疑是人本身。」㊷彌爾的人文主義立場使他成為共產主義的反對者。

彌爾相信，一個好人可以解釋自己的行為。他反對那些說一個好人是按自己的本能行事或是按與生俱來的道德感辨事的理論。同樣，在認識論的領域裡，彌爾也論證，人可以用理性爲自己的信仰辯護，而不是用直覺或情感。這樣看來，彌爾的倫理觀和認識論是一致的；在兩個領域裡，他都是理性的戰士。㊸

愛默生說，識別偉大的頭腦要看其「廣泛程度」㊹。彌爾和許多偉大的哲學家一樣，在廣泛領域的多種題目上都有所建樹，比如政治學、審美學、經濟學、認識論、倫理學，甚至植物學等等。許多哲學家都過著離群索居的生活，而彌爾卻參加了改革運動、讀書俱樂部以及辯論會等活動。他還在東印度公司工作了二十年，甚至當選過國會議員（儘管他拒絕參加競選）。

從風格上來說，彌爾在英國文學中鶴立雞群。彌爾最受人歡迎的作品，除了《自由論》外，還有他的《自傳》（*Autobiography*）；其中不乏他對自己的教育、所經歷的沮喪情緒、與哈麗葉特・泰勒的關係及所參與政治活動的詳盡描述。

彌爾沒有兒女，但是他的弟子都把他當做父親看待。他的一個弟子約翰・莫力（John Morley）說，彌爾是「我所認識的最優秀、最有智慧的人……他留給我的記憶永遠會像一個父親留給兒子的記憶那樣珍貴。」㊺

Conte Giacomo Leopardi, 1798-1837

9 萊奧帕爾迪

萊奧帕爾迪（Conte Giacomo Leopardi）是最有趣的義大利哲學家。萊奧帕爾迪和叔本華一樣，生於十八世紀末，也是一個悲觀主義者和無神論者。萊奧帕爾迪的主要建樹在詩歌方面；他在哲學方面的成果不多，主要包括他的《思想錄》（*Pensieri*）和幾篇談話錄。他的隨筆有一流作品的風采。萊奧帕爾迪指出，要欣賞偉大的作品不是件容易的事；一個人要能夠欣賞偉大的作品，幾乎必須先要把自己提升到與作者一樣的高度。他說：「閱讀欣賞和寫作創造幾乎沒有不同。」[46]

既然討論到義大利哲學家，我們就應該提及著名的義大利政治理論家馬基維利（Niccolò Machiavelli, 1469-1527）。馬基維利最有名的著作是《君王論》（*Prince*）；這本書篇幅不長，但對政治抱持冷酷的和反道德的態度。馬基維利還寫了《論說萊維》（*Discourses on Livy*）；他在這本書裡透過羅馬歷史學家萊維之口反思羅馬的歷史。《論說萊維》既不像《君王論》那麼精練，也不像《君王論》那麼易懂。馬基維利的《佛羅倫斯史》（*History of Florence*）是他最長最沒意思的一本書；愛默生說：「我試圖讀些馬基維利的史書，但發現它們很難卒讀。關於佛羅倫斯的那部分就像費城救火隊發展史那樣，讀起來令人睏倦不堪。」㊼

José Ortega y Gasset, 1883-1995

10 奧特加

二十世紀最優秀的哲學家是一個西班牙人，名叫何賽・奧特加・依・加賽特（José Ortega y Gasset）。奧特加的《群衆的反叛》（*The Revolt of the Masses*）是一部不同凡響的著作——對這部著作無論怎樣讚揚都不會有吹捧之嫌。在這部著作中，奧特加討論了現代社會和威脅現代社會的危險因素。在對現代社會的理解方面，奧特加是無與倫比的。他寫道：「在目前歐洲的政治生活中存在著一個極爲重要的事實。這個事實就是民衆對全部社會權力的接近。定義告訴我們，群衆既不應該也不能夠指導他們自己的個人生存，更不應該也更不能夠統治整個社會。正因爲如此，這個事實就意味著歐洲實際上正在遭受最大的危機，這個危機可能影響到其他民族、其他國家和其他文明。」㊽

奧特加在德國的大學裡讀過書，在他的著作中可以見到德國形而上學傳統的影響。他的某些著作略嫌枯燥。除了《群衆的反叛》以外，奧特加最好的著作還有《小說筆記》（*Notes on the Novel*）、《藝術的非人性化》（*The Dehumanization of Art*）、《人與危機》（*Man and Crisis*）、《現代主題》（*The Modern Theme*）和《說愛》（*On Love*）。

11 郝佛

除了奧特加之外，我唯一要推薦的二十世紀的哲學家是一個美國人，艾力克・郝佛（Eric Hoffer, 1902-1983）。郝佛沒上過學。在大蕭條時期失業，心情很壓抑，起了自殺的念頭。他買了毒藥，走到高速公路上，開始喝毒藥。就在那一刹那，他眼前出現了自己在旅途上度過一生的幻覺。他立即吐出毒藥，開始了他二十年的旅途生涯。他撿玉米、打零工，逛妓院。第二次世界大戰期間，郝佛在三藩市（舊金山）找到一份碼頭搬運工的工作，在那兒一直住到一九八三年辭世。

郝佛也像愛默生一樣喜愛蒙田。他也和愛默生一樣，不是一個系統的哲學家，而是一個智慧、聰穎的人類觀察家。郝佛的書不厚，都是由文章和隨筆組成。在我們已經討論過的哲學家中，郝佛是最通俗易懂的。郝佛的主要興趣在社會和政治，但他也涉及很廣泛的題目，包括靈學。他說：「超越感官的能力——用作心靈感應的傳遞和感覺到目不可及之物——是一種動物的特點……人與人之間的誤解不是發生在人們不能理解對方的時候，而是發生在當人們感覺到對方腦子裡在想著什麼但卻不喜歡那個想法的時候。」㊾郝佛的最佳著作是《安息日之前》（*Before the Sabbath*）和他的自傳《想像的眞實》（*Truth Imagined*）。

Aristotle, 384-322BC

12 古代哲學家

我最喜歡的古代哲學家是柏拉圖（Plato, 427?-347? BC）。沒有人比柏拉圖更能把詩意和深奧如此巧妙地結合在一起。然而，在柏拉圖的幾個談話中，他被糾纏進形而上學，這樣一來，使得許多讀者（包括蒙田和尼采）覺得柏拉圖枯燥。柏拉圖最好的談話錄是《自辯》（*Apology*）、《會飲篇》（*Symposium*）和《理想國》（*Republic*）；還有《高吉亞斯篇》（*Gorgias*）、《法律篇》（*Laws*）、《克里托篇》（*Crito*）和《斐多篇》（*Phaedo*）。《自辯》篇幅不長、易讀、有趣，可視爲一篇很好的哲學入門。《會飲篇》整個來說令人喜讀，但有時有囉唆。《理想國》是柏拉圖的最高成就，是一部不僅深刻論述了政治，也深刻論述了宗教、道德和藝術的傑作。

《高吉亞斯》把強者與弱者的道德觀做了鮮明的對比；尼采最爲人所知的理論之一可能來自這裡。柏拉圖對宗教和道德觀都很友善，但卻對反對宗教和道德觀的爭論有深刻的理解；在這一點上，他使我們想起杜斯妥也夫斯基。柏拉圖對民主的評論至今還令人覺得新鮮、有意義；柏拉圖說，一個民主社會，有的是「君主般的臣民和臣民般的君主。」㊿柏拉圖堅信，每一種政府形式都是瑕瑜互見的。

柏拉圖不僅是一個深刻的思想家，也是一個精明的心理學家；「在所有人身上，」他寫道：「甚至在一個好人身上，也有不法而狂野的本性，這個本性趁人不備便伸頭探腦。」51

亞里士多德（Aristotle）沒有柏拉圖的詩意；如果說柏拉圖有時候是枯燥的，那亞里士多德就總是枯燥的。《詩學》（*Poetics*）是亞里士多德最有趣、最易讀的著作；它很短，大約四十頁左右。《詩學》雖然集中於對戲劇的討論，但它也討論詩歌。正如亞里士多德所有的著作，《詩學》由於充滿了辨識和定義而顯得沉重；舉一個例子：「整體是一個具有開端、中間和結尾的東西。開端是一個不一定位於某物之後的東西，儘管某物在它之後存在或出現……」亞里士多德的《倫理學》（*Ethics*）和《政治學》（*Politics*）時而有趣、時而無趣。他的《形而上學》（*Metaphysics*）對中世紀哲學家有極大影響；但是它也像所有有關形而上理論的著作，在關於個人和社會方面給人很少教益。

後古典時期占統治地位的哲學是伊比鳩魯哲學（譯註：享樂主義）和斯多噶哲學（譯註：禁慾主義）。伊比鳩魯哲學主要透過盧克萊修（Lucretius）的長詩《物性論》（*On the Nature of Things*）傳至我們。這部作品雖然有些閃光的亮點，但我不全力推薦它。斯多噶哲學主要透過奧瑞留（Marcus Aurelius, 121-180）、艾必克泰德（Epictetus, 55?-135?）和塞內加（Seneca, BC4?-AD65）的作品傳至我們。奧瑞留皇帝的《沉思錄》（*Meditations*）是一部言簡意賅的斯多噶哲學論述；它具有誠摯性，但卻缺乏生動性和深刻性。奴隸艾必克泰德寫的《論說》（*The Manual*）一般被認爲比奧瑞留的

《沉思錄》好。塞內加比奧瑞留和艾必克泰德都更有意思；塞內加是蒙田的最愛。

在我們離開古典時期之前，我們應該談談西塞羅（Cicero, 106-43BC）和普魯塔克（Plutarch, 46?-120?）。西塞羅的那些專題論文沒有什麼原創性，也不深刻；他們頂多可以說是古代哲學的扼要總結。西塞羅最擅長的是演說，他最好的著作是《致阿提卡斯》（*Letters to Atticus*）。

普魯塔克以他撰寫篇幅不長的希臘與羅馬名人傳記而著名。雖然他寫的這些傳記有時稍嫌枯燥，但它們包含了很多格言警句和趣聞軼事。對古代歷史感興趣的讀者不應該忽視普魯塔克的傳記作品。普魯塔克的哲學文章對蒙田有很大影響，正如蒙田的文章對愛默生有很大的影響一樣。儘管蒙田有時被稱作文章之父，但實際上他是從普魯塔克那裡學來的。原創性往往不排除對舊有的和被忘卻了的形式的利用。莫瑞（Murray）的《希臘宗教的五個階段》（*Five Stages of Greek Religion*）是古代哲學的優秀指南。莫瑞的寫作風格很優雅，他知識全面、思想深刻。

中世紀的哲學家沒有太好的；聖奧古斯丁（Augustine St., 354-430）枯燥無味，阿奎那（Aquinas, 1225-1274）則有過之而無不及。

Michel Eyquem de Montaigne, 1533-1592

13 蒙田

蒙田（M. E. de Montaigne）是文藝復興的最佳成果之一，也是最受愛戴的哲學家之一。蒙田是學歷史、詩歌和古代哲學的學生，他對基督教持冷靜態度。在蒙田的著作中，古代作家的引語俯拾即是。然而，蒙田絕不賣弄學問；他的著作帶領我們超乎於書本之外，使我們接近生活本身。蒙田常常表示對書本的輕視；他說他只有在缺乏友誼、談話機會和愛的情況下才求救於書本。蒙田認爲，哲學的目的是克服憂慮、活得愜意。按照蒙田的思想，哲學「教授的不是別的，正是歡樂和愉快。假哲學帶上悲傷和令人反感的氣氛，那就說明哲學的功夫還沒到家……智慧最爲明顯的標誌是長存的幸福；其狀況恰如月亮以外的一切：永恆的恬靜。」[52]

蒙田的許多文章索然無味，所以它們需要編輯節略。蒙田的文章中，我最喜愛的有〈論友誼〉（On Friendship）、〈論三種關係〉（On Three Kinds of Relationship）、〈論交通工具〉（On Vehicles）、〈觀相術〉（Physiognomy）、〈研究哲學即學會死亡〉（To Study Philosophy is to Learn to Die）、〈論迪莫克里特斯和何萊克里特斯〉（On Democritus and Heraclitus）、〈對他人死亡的判斷〉（Of Judging of the Death of Another）和〈品味無純〉（We Taste Nothing Pure）。

René Descartes, 1596-1650

Blaise Pascal, 1623-1662

14 笛卡兒和巴斯卡

笛卡兒（René Descartes）晚蒙田五十年出生。一般認爲，笛卡兒是一位重要的法國哲學家。笛卡兒在科學和數學方面是開路先鋒。雖然笛卡兒的著作具有相當的歷史意義，但現代讀者對它們卻興趣不大。笛卡兒缺乏蒙田的人情味和引人共鳴的東西。他的《方法論》（*Discourse on Method*）很簡明扼要，也很易讀，但卻乏味。

巴斯卡（Blaise Pascal）具有笛卡兒所缺乏的人情味和引人共鳴的東西。巴斯卡生於一六二三年，大約在笛卡兒之後二十五年，他是一個數學神童。巴斯卡和齊克果一樣，也瘋狂篤信基督教。巴斯卡反對笛卡兒的「理性是導致眞理的唯一」途徑一說；他寫道：「心靈也有它的理智，對於這一點，理性全然無知。」巴斯卡的《思想錄》（*Pensees*）以隨筆形式寫成，是一部有力而有趣的著作。儘管這本書的主要目的在於爲基督教辯護，但它也討論了人類在一般情形下的狀況。

巴斯卡認爲，人的基本慾望之一是渴望消遣，渴望能打發時間的活動；他說：「當一個士兵（或一個勞工等）抱怨生活勞累時，你讓他無所事事試試看。」㊿人一刻也不能夠（巴斯卡說）在自己的房間裡靜坐。

巴斯卡在數學領域裡的成就之一是概率論。在巴斯卡年輕的時候，他的醫生告訴他，他太勞累了，他應該放鬆。因此，巴斯卡就去巴黎的俱樂部和賭博場，並在靠機遇獲勝的遊戲中運用自己的概率知識。巴斯卡的《思想錄》闡述了他衆所週知的賭注理論；按照這個理論，上帝可能存在，也可能不存在，正如一個硬幣可能落在背面，也可能落在反面一樣。每個人都必須賭注，也就是說，每個人都必須選擇是否就當上帝存在那樣去生活，或者當上帝不存在那樣去生活。假如我們選擇當上帝存在那樣去生活，我們可能爭取到來世的幸福。假如我們選擇當上帝不存在那樣去生活，我們可能爭取到今生的好處。由於來世的幸福比今生的好處要有價值得多，我們應該把賭注放在上帝身上，應該當上帝存在那樣去生活。

巴斯卡被認爲是法國文學的藝術大師之一。托克維爾（Tocqueville）說，巴斯卡的時代是法國文學的黃金時代；在巴斯卡時代，風格只是思想的工具。那個時代的作家只注重簡潔、清楚地交流思想，並不追求風格的優雅。㊹

Jean-Jacques Rousseau, 1712-1788

15 其他法國哲學家

在十七和十八世紀，有一批法國人——包括拉羅什富科（La Rochefoucauld, 1613-1680）、拉布呂耶爾（La Bruyere, 1645-1696）、福伍納格（Vauvenargues）和善富特（Chamfort）——以隨筆形式寫哲學著作。拉羅什富科的《箴言》（*Maxims*）以對人類的透徹分析見稱於世。拉羅什富科寫道：「在我們深深地陷入愛情之時，我們痛苦；在我們毫無愛情時，我們同樣痛苦。」拉布呂耶爾的《論當代的性格和習俗》（*Characters*）也很有意思，第一章〈書本〉是最好的一章。拉羅什富科、拉布呂耶爾、福伍納格和善富特書中的菁華，可以編撰成一部質量絕佳的書。

十八世紀期間，法國思想界的領銜人物是伏爾泰（Voltaire, 1694-1778，原名François-Marie Arouet）和盧梭（Jean-Jacques Rousseau）。雖然他們兩個都沒有在哲學歷史上占重要地位，但他們在所處時代都極有影響。伏爾泰和盧梭在理論論述和虛構作品方面都享有盛譽。他們既不是眞正的哲學家，也不是眞正的藝術家，然而他們卻是天才，是法語大師。

伏爾泰是很受歡迎的戲劇家，他甚至還寫過一首史詩，《亨利四世》（*The Henriade*）。伏爾泰也寫過故事和短篇小說，其中最著名的是《戇第德》（*Candide*）。《戇第德》像史威夫特的《格列佛遊記》（*Gulliver's Travels*），是作者思想的工具，而不是一部純粹想像的作品。然而，《戇第德》卻比《格列佛遊記》簡短易讀；伏爾泰的智慧和品味是獨一無二的。伏爾泰在他的《哲學辭典》（*Philosophical Dictionary*）中痛快淋漓地發揮了自己的智慧，他在這部著作中取笑了現行的宗教和政治體制。伏爾泰的《通史》（*General History*）是一部饒有趣味的西方歷史總觀，他的《路易十四的時代》（*History of Louis XIV*）也淺顯易懂。我全力推薦安德雷・莫羅瓦（André Maurois）寫的《伏爾泰傳》（*Biography of Voltaine*）。

盧梭所寫的每一篇東西都引起人們的強烈注意。盧梭以他的《兩篇論文》（*Two Discourses*）走上文學舞台；在《兩篇論文》中，他美化了早期人類簡單而原始的生活。一般說來，伏爾泰以古典的傳統手法寫作，盧梭則引進了新鮮的、感傷的、浪漫的手法；盧梭通常被稱做「浪漫主義之父」。盧梭的長篇小說《新愛洛綺思》（*The New Heloise*）寫的是年輕戀人的故事。他在小說《愛彌兒》（*Emile*）中闡述了他變革性的教育思想。盧梭的政治思想也頗有變革性；他預見到法國革命，並用自己的著作《民約論》（*Social Contract*）幫助點燃了革命之火；《民約論》開頭的一句名言如下：「人生來自由，但他卻時刻負有枷鎖。」盧梭的《懺悔錄》（*Confessions*）對現代讀者來說比他其他著作更有意思；它是迄今爲止最好的自傳之一：它篇幅長，但不枯燥；它富有詩意，又令人覺得親近。

Francis Bacon, 1561-1626

16 培根

法蘭西斯・培根（Francis Bacon）是文藝復興時期知識分子的領袖之一。培根最爲人知的是他的科學思想和他對自然界的興趣。培根和老普林尼（Pliny the Elder）一樣，也死於科學實驗；普林尼死於蒐集火山資料的實驗活動，培根死於他在進行以雪凍肉的實驗時所患的感冒。培根最受人歡迎的著作是他的《論文集》（*Essays*）；培根寫這本書的靈感來自蒙田。培根的《論文集》不像蒙田的《論文集》那樣給人以親近和誠摯之感；蒙田將自己整個靈魂傾注於他的《論文集》，而培根則以思想寫作。儘管如此，培根的《論文集》還是很有意思的，他的風格也是輕鬆而活躍的。培根的古舊語體有一定的魅力。他寫道：「那些需要朋友（即缺乏朋友）以釋懷的人是自己心靈的噬咬者……人的自身與其朋友之間的交流有兩種截然不同的效果；它使愉悅加倍，它使痛苦減半。」[55]

除了從事理性思考外，培根還積極涉足英國的政治活動，並在政府中擔任過要職。我全力推薦凱瑟琳·波恩（Catherine Bowen）寫的《培根傳》（*Francis Bacon-The Temper of a Man*），這是很少有的那種人們但願它篇幅長一些的書。波恩告訴我們：「在下議院，培根如魚得水。當他站起來發言時，擁擠的長凳上寂靜無聲。我們有班·強生（Ben Jonson）的見證：『每個聽到他講話的人都害怕他很快就講完』。」[56]

Thomas Hobbes, 1588-1679

John Locke, 1632-1704

David Hume, 1711-1776

17 其他英國哲學家

英國哲學家一般說來僅屬二流。霍布斯（Thomas Hobbes）以《極權國家》（*Leviathan*）著稱；這本書提倡絕對君主制，只是偶爾令人覺得有趣而已。洛克（John Locke）的政治學說在他的時代很重要，他提倡有限君主制、平民代表和宗教的寬容性。洛克的認識論思想也很重要，他批評思想與生俱來的觀點，認爲人的頭腦是一張白紙，是一塊乾淨的石板（tabula rasa），透過經驗獲得思想。我不推薦任何洛克的書。伯克萊（Geroge Berkeley, 1685-1753）以他激進的理念主義著稱，他認爲物質不存在，只有理念存在。伯克萊跟休謨（David Hume）一樣，以對話和論文的形式表述自己的觀點。

休謨是一位比洛克和伯克萊都更有趣的哲學家。休謨的最佳著作是他的《關於自然宗教的對話》（*Dialogues Concerning Natural Religion*）；這本書討論了上帝與惡的起源。休謨寫道：「伊比鳩魯（Epicurus）的古老問題仍沒有得到回答。『上帝』願意阻止惡的出現，但卻沒有阻止的能力嗎？那樣的話，祂就是無能爲力了。祂是不是有能力，但卻不願意呢？那樣的話，他就是心懷惡意了。那麼，惡究竟是從哪兒來的呢？」[57] 叔本華以前的哲學家，休謨算是最漠視宗教的了。休謨的《英格蘭史》（*History of England*）很雄辯，但有點兒乏味；它比麥考萊（Macaulay）的《英格蘭史》遜色多了。休謨的文章也沒什麼意思。

Lichtenberg, 1742-1799

Immanuel Kant, 1724-1804

Georg W. F. Hegel, 1770-1831

18 李希騰堡、康德和黑格爾

康德（Immanuel Kant）是十八世紀最著名的德國哲學家，而李希騰堡（George Christoph Lichtenberg）則是當時最有趣的哲學家。叔本華稱李希騰堡爲少有的貨眞價實的哲學家之一。李希騰堡最著名的著作以隨筆形式寫成。他的隨筆既生動活潑、又充滿智慧，也含義深刻。「一本書與一顆頭相撞時，」李希騰堡發問道：「會發出一個空洞的聲音，那空洞的聲音難道總是書發出的嗎？」[58]李希騰堡的思考涉及廣泛的題目。他習慣於把一切想法和經歷都記下筆記；他預見到弗洛依德的出現，他說：「會有人寫出一本關於夢的哲學著作……我不可否定的經歷告訴我，夢導致自我認識。」[59]李希騰堡的選集種類繁多，我推薦《李希騰堡文選》（*The Lichtenberg Reader*）。

康德的書乾澀難懂、枯燥無味；康德著作唯一可讀的一本是他的《未來形而上學導論》（*Prolegomena to Any Future Metaphysic*）。我推薦一本題爲《康德的最後時日》（*The Last Days of Kant*）的書，瓦西安斯基（Wasinski）著，由托馬斯・得・昆西（Thomas De Quincey）譯成英語；這是一本資料翔實的康德晚年生活的寫照。

如果說康德是令人費解的，黑格爾（Georg W. F. Hegel）則更加如此。黑格爾那些論述形而上學和邏輯學的書更是令人費解。然而，有兩本黑格爾的書是可讀而有趣的：一本是《歷史哲學》（*The Philosophy of History*），另一本是《權利哲學》（*The Philosophy of Right*）。《歷史哲學》總結了世界歷史。雖然，黑格爾對歷史的觀察有時是深刻的，但他常常堅持以自己的宗教和哲學觀念去解釋歷史。《權利哲學》對政治持偏右的觀點；黑格爾認爲，國家不是爲了個人而存在的，相反地，個人是爲了國家而存在的。黑格爾反對流行的觀點，認爲戰爭不純粹是摧毀性的：「正如風的湧起使大海免遭長期平靜所淤積的污濁的侵蝕，國家的腐敗也是長期的、更何況『永久的』和平的結果。」㊿康德和黑格爾在思想深度方面都是第一流的，但他們在寫作風格方面卻是第二流的。

Otto Weininger, 1880-1903

Oswald Spengler, 1880-1936

19 韋寧格和史賓格勒

韋寧格（Otto Weininger）和史賓格勒（Oswald Spengler）的創作時期都在二十世紀初。韋寧格寫了《性與性格》（*Sex and Character*）。韋寧格以厭女症和反猶太主義而見稱，儘管他自己是猶太人。韋寧格是歷史上最早熟的哲學家之一；他寫《性與性格》的時候只有二十幾歲。他把這本書交給弗洛依德和其他人過目，然後就自殺了。《性與性格》包含一些很有趣的關於天才人物的論述，但是整體上說來，它繁瑣冗長，特別是在有關女人的題目上。

史賓格勒的《西方的沒落》（*Decline of the West*）在一九一八年出版時引起轟動。然而，沒有幾個人接受過這本書的主題思想，在今天，《西方的沒落》已大致被人忽略了。史賓格勒在這本書中使用大量的證據，以致證據對主題喧賓奪主，並取而代之了。但是，史賓格勒的著作像韋寧格的著作一樣，也包含一些深刻的見解；湯恩比（Toynbee）說，史賓格勒的著作「充滿了螢火蟲般的歷史思索的亮點。」㊶史賓格勒的《西方的沒落》和韋寧格的《性與性格》一樣，如果能簡縮一下，便值得一讀。

最後，關於哲學歷史，我以一詞來提醒大家：「小心！」大部分哲學都集中於形而上學和認識論的研究。哲學歷史過分強調研究這些題目的哲學家，如亞里士多德和康德；它對研究生活本身的哲學家強調不夠，如蒙田和梭羅。哲學歷史過分強調以學術系統寫作的哲學家，而對以隨筆形式寫作的哲學家強調不夠。那些以閱讀哲學史的方式來入門哲學的人很可能得出如下的結論：哲學是抽象的、冷漠的和非個人的。但是，假如一個人對不同哲學家的哲學已經熟悉，那麼他就可以從閱讀哲學史中學到很多東西。我推薦一本由西班牙作家朱利安・馬瑞亞斯（Julian Marias）撰寫的哲學史，但是，我保留在認識哲學方面跟這位作家的不同意見。

註釋：

①《忠告與格言》，（*Counsels and Maxims*），第一章。

②引自《文章與警語》一書中〈警語：各類主題討論〉一文（*Essays and Aphorisms*, "Aphorisms: On Various Subjects"）。

③ 海倫・欽莫曼（Helen Zimmern）著《叔本華：其生活與哲學》（*Schopenhauer: His Life and Philosophy*），第一章。

④引自《進攻基督教世界》一書〈基督對官方基督教的評判〉一文（*Attack on Christendom*, "What Christ's Judgment Is About Official Christianity"）。

⑤沃爾特・勞瑞（Walter Lowrie）著《齊克果》（*Kierkegaard*），卷一，第二部分。

⑥ 杜如（A. Dru）編《誘惑者的日記》，第七七五條，長篇版，牛津大學出版社，一九三八年（*The Journals of Søren Kierkegaard*, long version, Oxford University Press, 1938, #775）。

⑦ 沃爾特・勞瑞著《齊克果》，卷一，第二條。

⑧ 同上。

⑨ 同上，卷二，第三條。

⑩ 同上，卷二，第一條。

⑪ 同上。

⑫ 叔本華《意志與表象的世界》（*The World as Will and Representation*），卷二，第二部分，第三十條。

⑬ 沃爾特・勞瑞著《齊克果》，卷三，第一部分，。

⑭ 同上，卷三，第二部分。

⑮ 路意斯・安特瑪亞（Louis Untermeyer）著《現代世界之創造者》一書〈卡夫卡〉（Makers of the Modern World）一文。

⑯ 沃爾特・勞瑞著《齊克果》，卷三，第一部分。

⑰ 同上。

⑱同上，卷五，第一部分。

⑲杜如編《誘惑者的日記》，第七七二條。

⑳沃爾特・勞瑞著《齊克果》，卷三，第三部分。

㉑同上，卷三，第一部分。

㉒引自尼采《不合時宜之文》一書〈教育家叔本華〉一文（*Untimely Essays*, "Schopenhauer as Educator"）。

㉓見尼采《快樂原理》（*The Gay Science*），第二七五條。

㉔引自尼采《瞧，這個人！》（*Ecce Homo*）一書中〈我之所以是命運〉（Why I Am A Destiny）。

㉕見弗洛依德《自傳研究》（*An Autobiographical Study*），第五章。

㉖見愛默生〈英雄主義〉（Heroism）一文。

㉗卡爾・伯德（Carl Brode）編《亨利・大衛・梭羅日記選編》（*The Selected Journals of Henry David Thoreau*），一九五九年四月三日。

㉘見梭羅文〈散步〉（Walking）。

㉙《亨利・梭羅的日日夜夜》（*The Days of Henry Thoreau*），第十四章。

㉚ 同上，第十章。

㉛ 同上，第十一章。

㉜ 關於梭羅最後的時日，詳見《亨利・梭羅的日日夜夜》（*The Days of Henry Thoreau*），第二十章。

㉝ 見《諾頓英國文學選集》（*The Norton Anthology of English Literature*）第四版，第二卷，卡萊爾引言。

㉞ 布里斯・派力（Bliss Perry）編《愛默生日記菁華》（*The Heart Of Emerson's Journals*），一八四七年十月。

㉟ 見法蘭克・湯普森（Frank T. Thompson）著《愛默生與卡萊爾》（*Emerson and Carlyle*），〈語言學研究〉（Studies in Philology）。

㊱ 《諾頓英國文學選集》第四版，第二卷，卡萊爾《法國革命》一書節選之註釋。

㊲ 《社會主義制度下人的靈魂》（*The Soul of Man Under Socialism*）。

㊳ 艾爾曼（R. Ellman）著《奧斯卡・王爾德》（*Oscar Wilde*），第三章。

㊴ 同上，第六章。

㊵ 《自由論》（*On Liberty*），第三章。

㊶ 同上。

㊷同上。

㊸瓊斯（H. S. Jones）著《道德家約翰・史都華・彌爾》（*John Stuart Mill As Moralist*），《思想歷史雜誌》（*Journal of the History of Ideas*），一九九二年四—六月刊，第五三卷，第二號。

㊹見愛默生的文章〈莎士比亞或詩人〉（Shakespeare; Or, The Poet）

㊺同㊸。

㊻《帕里尼論光榮》（*Parini's Discourse on Glory*），第二節。

㊼《愛默生日記菁華》，一九四七年一月十日。

㊽《群眾的反叛》（*Revolt of the Masses*）。

㊾《對人類狀況的反思》（*The Reflections on the Human Condition*），第二一節。

㊿見《理想國》（*Republic*）：這個短語包含奧特加「群眾的反叛」之理論基礎。

51見《理想國》。

52「學習哲學就是學習死亡」。

53《思想錄》（*Pensees*），第四一五條。

54《阿力克塞・德・托克維爾與西涅爾之通信與對話》（*Correspondence and Conversations of Alexis de*

Tocqueville With N. W. Senior），一八五〇年八月二十六日。

(55)《論友誼》（*Of Friendship*）。

(56) 波恩（C. D. Bowen）著《培根傳》（*Francis Bacon: The Temper of a Man*），第十五章。

(57)《關於自然宗教的對話》（*Dialogues Concerning Natural Religion*），第十節。

(58)《李希騰堡文選》（*The Lichtenberg Reader*），引言，波士頓，筆耕出版社（Beacon Press），一九五九年。

(58) 同上，《警語集》（*Aphorisms*），一七七五—一七七九。

(60)《權利哲學》（*The Philosophy of Right*），第三二四條。

(61) 見《審判文明》（*Civilization On Trial*）一書中〈我的歷史觀〉（My View of History）一文。

3 *The Classics: a Sketch of Western Literature*

心 理 學

Psychology

Sigmund Freud, 1856-1939

1 弗洛依德

猶太小男孩弗洛依德在維也納長大，總是一個頂尖學生。十九世紀七〇年代，弗洛依德進維也納大學學醫。那時候，他就雄心勃勃；當他走在前代偉人們的塑像中間時，他想，總有一天，自己的塑像也會加入他們，上面要刻上伊底帕斯所說的話：「他猜中了那個有名的謎語，他是一個最強勁的人。」

弗洛依德是一位深刻的思想家和優秀的風格家。他能教給讀者關於人類本性的知識，絕不亞於任何一個作家。或許可以說，在弗洛依德以前，就已經有人發現了潛意識心理學。或許可以說，在弗洛依德時代，潛意識心理學「懸繫空中」，垂手可得；即使弗洛依德不出生，也會有別的什麼人發現弗洛依德的發現。或許也可以說，弗洛依德在他長久的職業生涯中犯過一些錯誤——他忽視了這些，誇大那些。然而，這一切都不應該阻止我們高度評價弗洛依德的著作。

弗洛依德著作給我留下最深的印象在這幾個方面：

1. 他對怎樣掌握對潛意識的理解技巧之發現。
2. 他把心理學運用在文學和自傳研究上的能力。
3. 他闡述原創的、深刻的哲學思想的能力。

《文明及其不滿》（*Civilization and Its Discontents*）是弗洛依德的最佳著作之一。這本書是弗洛依德七十五歲時寫的，它充滿了深刻的思想。這本書不那麼容易讀懂，讀者必須集中精力去理解書中所包含的思想。這是一本對人的本性進行深入分析的書。弗洛依德在書中預言未來，那些預言都被事實證明是準確的。總之，我們必須把這本書看做最高一級的哲學著作之一。

巴斯卡曾經說過：「所有人生來都相互仇恨。」①這也是弗洛依德在《文明及其不滿》一書中所討論的問題，即人類本性的黑暗面，人類本性中敵對、暴力的衝動。僅只這本書，就足以打破那個關於弗洛依德醉心於性的神話，或那個弗洛依德發現性是一切人類行爲的動機的神話。

弗洛依德在提到宗教戒律「愛你的鄰居像愛你自己一樣」時，稱它爲「一條眞正被一個事實證明合理的戒律；這個事實就是：沒有任何東西比這條戒律與人類的原始本性最格格不入了。」②弗洛依德說，我們每個人都能以自己的生活經驗來證明他關於人類本性的斷言：「那一天總會到來：那時，人不得不把一個他年輕時強加給他同胞的期待做爲一種幻想而放棄；那時，他可能才懂得他的同胞給他的生活增添了多少困難和痛苦。」③並不是只有我們的鄰居才懷有敵意衝動，我們自己也同樣懷有這些敵意。弗洛依德說這是「一種攻擊性傾向，我們能夠在我們自身發現，也能夠正確地假設他人同樣具有」。

弗洛依德嘲弄共產主義，因爲它把人類社會之惡歸結於財產私有制。他說：「人的攻擊性不是財產造成的。」他還說，假如你廢除了私有制，人們會爲了性關係而爭戰。假如你宣布徹底的性自由，廢除家庭，這有可能預示文明的發展前景，但是，我們可以確信的一件事是：人的攻擊性還將繼續存在。

人類可能相互合作嗎？弗洛依德說，如果兩個人有一個共同的第三者，能讓其發洩攻擊性的衝動，這兩個人便有可能聯合起來。「日耳曼大一統的夢想促成了反猶太主義做為其補充的誕生。」④俄國共產主義者由於敵視小資產階級而聯合起來；「我們憂心忡忡地關切著，蘇聯人消滅了他們的小資產階級以後，將會做什麼呢？」這些話說在史達林和希特勒最兇惡的暴行發生以前。弗洛依德的預言證實了他對人類本性分析之正確性。

弗洛依德的博學在《文明及其不滿》一書中顯而易見。他頻繁引用歌德，並時而引用莎士比亞。他也引用了海涅（Heine）如下的話：「我的性情是最平和的那種。我的願望是：一間草屋茅舍，但要有一張好床，要有好吃的，最新鮮的牛奶和黃油，窗前要有鮮花，門前要有幾棵大樹；如果上帝欲使我的幸福完整無缺，他就會賜給我目睹六、七個我的敵人在我門前樹上吊死的享受。」⑤

我喜歡弗洛依德的一個原因是：弗洛依德尊重他的讀者，他把讀者當作朋友，當做他探尋眞理之路上的夥伴。請允許我從弗洛依德的《文明及其不滿》一書中最後一章開頭的部分舉一個例子，以說明弗洛依德對讀者的尊重：「作者在到達他旅途的目的地時，要請求讀者的寬恕，這是爲了他沒有做一個更加稱職的嚮導和沒有能夠幫助讀者挑選捷徑和避免麻煩。毫無疑問，事情是可以做得更好的。」

當你讀弗洛依德時，你感到的是一個偉大的智者在陪伴你——他勇敢而有創意，然而，他也小心謹愼並充滿懷疑；他在尋找終極的眞理，然而，他也承認有時候眞理並非確定或難以捉摸。像所有智者一樣，弗洛依德對文明、對文化傳統懷有深厚的愛。這一點在《文明及其不滿》的第一章中，他討論羅馬歷史時表現得非常明顯。對羅馬歷史的討論是由對思想本質的討論爲背景的；弗洛依德提到，人的頭腦從來不徹底忘記什麼事情，所有的事件都在頭腦中儲存，並可以在某種情形下被回憶起來。他把這種情形與羅馬歷史做比較；在羅馬歷史上，早期的建築物和當朝的建築物平起平坐，受到保護。弗洛依德花費了很多篇幅，描述羅馬，充分表明他對傳統和文明的尊崇。

弗洛依德蔑視美國文明，這或許是因爲美國文明缺乏對傳統的敬重，缺乏那種謙恭的態度，而這兩者都是可以在弗洛依德的著作中找到的。雖然弗洛依德預見到希特勒和史達林的殘暴，但他覺得對文明最大的威脅之一是美國精神，是美國文化所表現出的那種不文明的、反傳統的、不禮貌的格調。在諸如美國一類的國家，「社會的聯繫主要透過社會成員之間的相互認同而形成，而具有領袖素質的個人在一個群體形成的過程中，得不到他們應該得到的重視。……但是，我應該避免批評美國文明；我不想給人我想要以其人之道還治其人之身的印象。」⑥

我全力推薦弗洛依德的《達文西及對童年的回憶》（*Leonardo and a Memory of His Childhood*），這本書既是對達文西個人生活的精采描述，也是對弗洛依德本人思想很好的介紹。弗洛依德的《圖騰與禁忌》（*Totem and Taboo*）教人認識原始人及其人性；這本書也值得推薦。弗洛依德寫道：「原始人認爲生命的無限延續——永生，是一件很自然的事。死的概念是後來才被接受的，並且是很勉強地被接受的。甚至對我們來說，死也是缺乏內容和沒有清晰含義的。」《一個未來的幻覺》（*The Future of an Illusion*）一書對宗教進行了堅決而有力的攻擊；弗洛依德與叔本華和尼采一樣，也是一個不妥協的無神論者。

一九〇六年，弗洛依德五十歲。他的朋友們送給他一個大獎章；獎章的一面是弗洛依德本人，另一面是猜中斯芬克斯之謎的伊底帕斯。獎章上的刻字正是：「他猜中了那個有名的謎語，他是一個最強勁的人。」

一個人年輕時所夢寐以求的，他在年老時終於獲得。

Carl Gustav Jung, 1875-1961

2 榮格

弗洛依德是西方科學傳統之子，而榮格則傾心於神祕、非理性和超自然現象的研究。弗洛依德崇敬理性、科學與啓蒙時代之批判精神，榮格則深感西方人對科學與理性的崇拜正導致其精神崩潰。弗洛依德撰文研討西方泰斗莎士比亞和米開朗基羅，榮格則撰文研討東方宗教和東方古典哲學著作，如《易經》。弗洛依德對榮格思想的深刻無法領略，榮格則只能對弗洛依德簡潔清晰的文體望其項背。

居住在瑞士的青年榮格對哲學頗有興趣，他發現尼采的《查拉圖斯特拉如是說》

對他極有感染力。榮格對醫藥也很有興趣，他決定去上醫學院。他說，當他就要從醫學院畢業的時候，「我正在準備期終考試，我必須熟悉一些精神病學原理，因此我就拿了一本克拉夫特・艾冰（Krafft-Ebing）的精神病學教科書。我先讀了前言……然後就發生了。然後，它就發生了。我想，這就是了，這就是哲學與醫藥的會合了！……我肯定地意識到這就是我的領域；它以排山倒海之勢朝我襲來。要知道，我心跳得厲害……我簡直不能忍受它的跳動。」⑦榮格就是這樣描述了他怎樣決定做一個精神病醫生，和怎樣因此將醫藥與哲學合二爲一的。

做爲一個年輕的心理學家，榮格很敬佩弗洛依德的工作成就，他給弗洛依德寄過幾篇自己的論文。弗洛依德也有回信給榮格。一九〇七年，榮格在維也納訪問了弗洛依德。兩人是在一個下午見面的，一見面就談了十三個小時。然而，後來他們的關係惡化了，部分原因是榮格醉心於玄妙現象的探索，而弗洛依德則認爲玄妙現象純屬無稽之談。

了解榮格最好的入門讀物是《人及其象徵》（*Man and His Symbols*。編按：中文版由立緒出版）。這本書由榮格及其弟子合著。雖然這本書不像弗洛依德的書那樣簡明扼要、結構嚴謹，但它含有許多激發想像的思想和饒有趣味的故事。書中有很多圖解，可讀性很強。應當避免閱讀平裝本，平裝本裡的圖解比精裝本少。《人及其象徵》是榮格一生中最後一個寫作計畫；榮格死於一九六一年，也就是在這本書即將完成之前。《人及其象徵》是榮格欲求更多讀者的嘗試，是對榮格思想一個很好的介紹。二十世紀五〇年代期間，榮格出現在英國電視台；他給眾多電視觀眾留下很好的印象。人們敦促他寫一本書向更多的讀者介紹他的思想。起先，榮格拒絕了。但後來，他做了一個夢，他夢見自己在對很多聽眾講話，而他的聽眾似乎完全懂得他在說什麼。榮格相信（正如早期人類所相信的那樣），夢向人提供忠告和指導性意見，人應該聽從夢的召喚。因此，榮格便同意為一般讀者著書。就這樣，有了《人及其象徵》。

榮格的《轉變的象徵》（*Symbols of Transformation*）也值得推薦；這本書討論英雄人物的原型和神話故事。榮格對神話故事的興趣，與他的集體潛意識觀念有關。神話是潛意識的表達；因為潛意識是一個集體的概念，所以，神話故事在不同人種中異曲同工。榮格認為，神話故事就像宗教信條一樣，有助於使意識和潛意識合二為一。他寫道：「神話和童話故事給予潛意識過程一個表達機會；不斷地重複這些過程，使它們重新活轉過來並被蒐集起來，從而重建意識與潛意識之間的聯繫……由於符號象徵是從意識也是從潛意識中衍生而來，所以能夠將二者結合起來。」⑧

榮格的《心理類型》（*Psychological Types*）是一部傑作；在了解人類本性方面無人可與榮格媲美。《回答約伯》（*Answer to Job*）是一部關於基督教的有趣論著。《基督教時代》（*Aion*）論述占星術和煉金術以及它們與基督教的關係。榮格對煉金術（心理學方面的意義及其象徵意義）有極大的興趣。榮格的心理學是對個人、整體和意識與潛意識之結合的不懈尋求，他認為煉金術也是對個人和整體的尋求。榮格的《基督教時代》一書也像他的某些書那樣，思想上有趣而深刻，風格上卻冗長而枯燥。

榮格對宗教持友好態度，在這一點上他與弗洛依德不同。榮格不是無神論者；他相信上帝是一個潛意識的實體，是一個原型的存在。榮格對耶穌是上帝的兒子這一說法不持嘲笑態度；他相信耶穌是上帝之子的原型人形化。但是，榮格對現代基督教的態度則是相當輕蔑的：「基督教國家已經走上了令人遺憾的道路；幾世紀以來，基督教在昏睡中忽視了進一步發展它的神話。……神話如果不再存活和成長，它就等於死亡了。」⑨

榮格相信，現代人需要與夢和潛意識重新建立聯繫。他相信現代人是以精神病態的代價買到技術的進步：「隨著進步（或新方法和新玩意）而出現的改革，在一開始當然給人印象深刻，但從長遠的觀點看，它們令人生疑，並無論如何都是代價過於昂貴的。從整體看，它們根本不會增加人們的滿足和幸福程度。在大多數情況下，它們都是眞實存在的具有欺騙性的甜蜜僞裝，比如較之以往更快的通訊速度；它令人不快地加快了生活的節奏，它給我們留下的時間比以往任何時候都少。」⑩

榮格在瑞士湖岸造了一座石塔。他在那座石塔裡像梭羅在華爾騰湖邊那樣，住了一段時間。「我這裡不用電，我自己生火。晚上我點煤油燈。沒有自來水，我從井裡打水。我自己劈柴燒飯。這些簡單的活動使人也變得簡單。要變得簡單是多麼困難的一件事啊！」⑪

我推薦榮格的自傳《回憶・夢・省思》（*Memories, Dreams, Reflections*）這本書。這本書是榮格口授給助手的，是他的生活與工作的總結；書中很多章節討論了靈學問題。榮格相信，在潛意識層次中，時間和空間無效，所以潛意識可以窺見未來的和發生在別處的事件。一九一四年第一次世界大戰爆發前，榮格預見到一場全歐戰爭的爆發，並認爲只有瑞士可能在這次戰爭中不受損害：「一九一三年十月……我失去了對時間和空間的知覺，並產生了幻覺，一個白日夢。我正看著一張歐洲地圖，並看見全歐洲從法國和德國開始，一個國家一個國家地被海水淹沒。緊接著，整個歐洲大陸除瑞士以外全被海水吞噬：瑞士像一座高山，海水淹沒不了……我意識到，那海水就是血水。在波浪上漂浮著的是屍體、房頂、燒焦的房樑等。」

弗洛依德榮獲潛意識研究之鼻祖的榮譽，榮格也應獲開路先鋒的榮譽；他引人進入了一個無限潛能和深層智慧的區域，這種無限潛能和深層智慧存在於一個人的精神世界中。

Alfred Adler, 1870-1937

3 阿德勒

和榮格一樣，阿德勒（Alfred Adler）起先也是弗洛依德的弟子，後來離開了弗洛依德，建立了自己獨立於弗洛依德的學派。阿德勒是自卑情結這一概念的始作俑者。按照阿德勒的思想，自卑的感覺往往由身體的缺陷和某種殘疾引起。阿德勒和尼采一樣，認爲對權力的慾望是人類本身的一個基本慾望。但是，尼采說，對權力的慾望一般具有積極效果，阿德勒卻認爲，對權力的慾望於人於己都有害。尼采稱頌孤獨者、孤獨的捕食動物，並貶低群居動物。阿德勒則貶低捕食動物，稱頌性情溫和的群居動物。他寫道：「家庭教育……犯了一個最爲嚴重的心理錯誤，它向兒童灌輸了這個錯誤的想法，就是他們必須強於他人，並認爲自己比任何人都更優秀。」⑫

弗洛依德說，心理健康的人應該能夠愛、能夠工作。阿德勒則在此之上又加了一條，即人際交往。他說：「人生的三大問題『是』『一個人』是否在他本人和他周圍的人之間建立某種適當的關係，或者是否阻礙這種關係……職業與工作問題和愛情與婚姻的問題。」許多歷史上的傑出人物都在解決阿德勒所說的「人生三大問題」上失敗了。比如，齊克果在愛情與婚姻問題上就一敗塗地。我們人類的悖論是偉人不健康，而健康人不偉大。一般來說，偉人都是不健康、不平衡，甚至有點半瘋狂。從相反的角度看，阿德勒所說的健康人也許是好鄰居、好朋友和好父母，但他們不大可能成爲偉人。難道我們不應該爲了成爲既健康又偉大的人而努力嗎？難道只追求一個目標而放棄另一個目標不是錯誤的嗎？不管這件事做起來有多麼難，難道我們不應該試圖使這些目標統一起來嗎？

阿德勒對女權主義持同情態度，他的政治觀點偏左。對阿德勒感興趣的讀者應該讀他的《了解人性》（*Understanding Human Nature*）。雖然這本書在寫作和組織方面都不能說是很好，但裡面含有對人類本性的敏銳觀察；比如，阿德勒指出：「一個受到溺愛的孩子和一個受到虐待的孩子皆同樣艱難地成長。」⑬

Karl Abraham, 1877-1925

Anna Freud, 1895-1982

4 其他心理學家

對心理學領域的探索由弗洛依德發起，這一探索的重要意義可以從弗洛依德弟子的人數及其優秀素質顯示出來。恩涅斯特・瓊斯（Ernest Jones, 1879-1958）是弗洛依德天賦最高的弟子之一。我推薦瓊斯的著作《哈姆雷特和伊底帕斯》（*Hamlet and Oedipus*）一書。瓊斯還有幾篇文章也值得推薦：〈聖誕節之意義〉（The Significance of Christmas）、〈精神分析與基督教〉（Psycho-Analysis and the Christian Religion）、〈精神分析與民間傳說〉（Psycho-Analysis and Folklore）、〈聖靈概念的精神分析研究〉

（A Psycho-Analytic Study of the Holy Ghost Concept）、〈肛門性交者之性格特徵〉（Anal-Erotic Character Traits）和〈安德力亞・德・索托之夫人對其藝術之影響〉（The Influence of Andrea del Sarto's Wife on His Art）。

卡爾・亞伯拉罕（Karl Abraham）是弗洛依德的另一位弟子。亞伯拉罕寫了一篇極爲引人入勝的關於義大利畫家吉歐萬尼・塞崗提尼（Giovanni Segantini）的文章。他寫的關於埃及法老王阿門何泰普四世（Amenhotep IV）也是上乘之作。我也推薦亞伯拉罕的題爲〈性慾發展於生殖器階段之特徵形成〉（Character-Formation on the Genital Level of Libido-Development）一文。

弗洛依德的女兒安娜・弗洛依德（Anna Freud）追隨父親的足跡，把心理學研究作爲自己的職業。弗洛依德致力於潛意識領域的研究，安娜・弗洛依德則致力於自我心理學的研究。她擅長兒童和青少年心理研究。我推薦安娜・弗洛依德寫的一本明晰而有趣的書，題目是《自我與防範機制》（*The Ego and the Mechanisms of*

Defense）。

艾瑞克・艾瑞克森（Erik H. Erikson）沿著安娜・弗洛依德開闢的道路前進。艾瑞克森專攻自我心理學，他眾所周知的貢獻是他對於青少年心理的研究和「個性危機」理論。我推薦艾瑞克森的《個性：青年時代與危機》（*Identity: Youth and Crisis*）一書。他以蕭伯納和威廉・詹姆斯（William James）的個性危機爲例，來解釋他關於青年心理的理論。他堅信看待青少年絕不能離開他們的社會環境，他說：「我們不能把個人成長和社區的環境變化分開。我們也不能把個人生活中的個性危機，和歷史發展中正在發生的危機分開。」⑭

伊麗莎白・庫伯勒—羅斯（Elisabeth Kubler-Ross）是一位美國精神病醫師，她的專長是幫助身患絕症的病人。她著作等身，其中最廣爲人知的是《論死亡與瀕死》（*On Death and Dying*）。伊麗莎白・庫伯勒—羅斯指出，死亡這個題目在現代社會是一種禁忌：「我們越是在科學上有長足的進步，我們就似乎越害怕和越要否認死亡這個事實。」⑮她說，死亡的過程一般說來以五個階段漸次發生：否認、氣憤、壓抑、商討和認可。我無法全力推薦《論死亡與瀕死》這本書，因爲它寫得並不好；關於這個重要題目的經典著作正拭目以待大家之手筆。

史考特・派克（M. Scott Peck, 1936-）也是一位美國精神病學家。他寫了一本書叫《精神成長之路》（*The Road Less Traveled*）。派克用很多實際病例來說明兒童時代的經歷和父母之愛的重要性。他說，父母之愛使孩子相信自身的價值。一個感到自身價值的孩子會自己照顧自己，並會自己規範自己。派克認爲，父母之愛是自律的終極成因。

派克的書與其說是學術性著作，不如說是大衆讀物；與其強調其科學的一面，不如強調其充滿靈感的一面；與其說它是獨創的，不如說它是誠懇的。派克將心理療法與宗教合二爲一，將潛意識等同於上帝，並以靈學做爲上帝存在的辯辭。派克的書，雖然其風格並非一流，但它簡潔易懂；雖然它不能算是經典著作，但它確實包含相當多的心理學方面的至理名言；書的第一部分尤其引人入勝。

派克的書表明，心理療法在現代社會多麼重要。毫無疑問，心理學家們將會寫出更多有趣的書籍來。

Erik H. Erikson, 19-

Elisabeth Kubler-Ross, 19-

M. Scott Peck, 1936-

Eduard Hitschmann, 1871-1957

Hanns Sachs, 1881-1947

5 文學與藝術的心理解釋

希施曼（Eduard Hitschmann）寫了一本極好的生平故事集，題爲《偉大人物：其心理分析》（*Great Men: Psychoanalytic Studies*）。這本書有如心理學智慧之金礦，非常值得一覽。

道爾頓（Elizabeth Dalton）的《《白癡》中的潛意識結構》（*Unconscious Structure in "The Idiot"*）是一部關於杜斯妥也夫斯基著名小說的優秀著作。讀者應該先看小說，然後再讀道爾頓的書。

魯騰比克（Henrik Ruitenbeek）編撰了一部非同尋常的文章集，題爲《心理分析與文學》（*Psychoanalysis and Literature*）。其中關於愛倫坡、霍桑、卡夫卡、路易斯・卡羅和哈姆雷特的文章堪稱優秀。凱津（Alfred Kazin, 1915-）關於現代文學的文章也非常有趣。凱津認爲，現代英美作家只局限於自身，無法與外部世界發生聯繫：「世界——環境與並不總是友善的自然、歷史、社會——對這些作家來說，早已消失了。」世界再也不向人們提供任何值得尊敬、值得爲之激動的東西了。現代人陷入了虛無主義的深淵。

漢斯・薩克思（Hanns Sachs, 1881-1947）的《創造性潛意識》（*The Creative Unconscious*）是一部文章集，其中大部分文章都是討論文學的。該書在內容方面不乏趣味，但其寫作風格卻只屬二流。西奧多・瑞可（Theodor Reik）的《祕密的自我》（*The Secret Self*）也是一本內容上不乏趣味但寫作技巧欠佳的書。瑞可寫過其他一些書，最好的或許是《一個心理學家的愛情觀》（*A Psychologist Looks at Love*）。奧圖・蘭克（Otto Rank）也寫過兩本內容上不乏趣味但寫作技巧欠佳的書，一本叫《心理學與靈魂》（*Psychology and the Soul*），另一本叫《唐・璜的傳說》（*The Don Juan Legend*）。

艾斯勒（Kurt R. Eissler,1908-）是研究文學與藝術的心理學家中比較重要的一位。艾斯勒對天才有專門的研究，他的作品通常趣味多多。然而，艾斯勒寫作起來卻馬馬虎虎；他研究文學，但他不努力創造文學。艾斯勒是兩部巨著的撰寫者：一部關於達文西，一部關於歌德。我推薦艾斯勒的文章〈精神病理學與創造能力〉（Psychopathology and Creativity），該文以歌德爲例，討論了天才的本性問題。我還推薦艾斯勒的另一篇文章〈才能與天才〉（Talent and Genius）[16]。艾斯勒注意到，天才人物忍受的痛苦比其他人要多：「天才作家的著作，會讓許多讀者都可能感覺到一種強烈的願望，即想要獲得和天才人物一樣偉大的成就。但是，他們很可能無法忍受天才人物所忍受的那些痛苦。」[17]

註釋：

①《思想錄》，企鵝經典叢書，第二百一十節（*Pensees*, Penguin Classics, #210）。

②《文明及其不滿》（*Civilization and Its Discontents*, ch. 5）。

③同上。

④同上。

⑤同上。

⑥同上。

⑦《榮格如是說：訪談錄與相遇》（*C. G. Jung Speaking: Interviews and Encounters*, 1952）。

⑧《文集》，第九卷，第二部分，第二百八十節（*Collected Works*, vol. 9, part II,280）。

⑨《回憶、夢、省思》（*Memories, Dreams, Refections*），第十二章。

⑩《回憶、夢、省思》第八章。

⑪《回憶、夢、省思》第八章。

⑫《了解人性》（*Understanding Human Nature*），附錄。

⑬同上，第一章，第三節。

⑭《個性：青年時代與危機》（*Identity: Youth and Crisis*, Prologue），序言，第三部分。

⑮《論死亡與瀕死》（*On Death and Dying*），第一章。

⑯〈才能與天才〉是艾斯勒題爲《才能與天才：陶斯克較之弗洛依德的模擬研究》一書中的一章。這本書中另一個很有意思的章節是「關於弗洛依德心理學的評論」。〈精神病理學與創造能力〉是刊登在《美國印象》雜誌（一九六七年春夏卷）上的一篇文章。又見斯羅橋爾文（H. Slochower）〈艾斯勒的歌德〉（《美國印象》雜誌，一九六五年冬季卷）。

⑰《才能與天才：陶斯克較之弗洛依德的模擬研究》，第七章。

歷　史

History

Jacob Burckhardt, 1818-1897

1 布克哈特

傑考伯・布克哈特（Jacob Burckhardt）是十九世紀主要歷史學家之一。布克哈特生於瑞士，在巴塞爾做過教師，曾與尼采共事結友。布克哈特以「文化歷史之父」著稱。早期的歷史學家多注重政治歷史和軍事歷史，布克哈特則注重人生的各個層面，包括宗教、藝術和文學。

布克哈特最著名的著作是《義大利文藝復興之文化》（*The Civilization of Renaissance in Italy*）；荷蘭歷史學家輝星格（Johan Huizinga，又譯赫伊津哈）稱之為「那部超然的傑作」。世上鮮有絕佳之手筆和絕佳之題目的結合，而這部非比尋常的作品正是這種結合的體現。這本書的前三部分尤其好——易讀而有趣、深刻而充滿哲學蘊含。書中有關里歐・巴提斯塔・阿爾伯悌（Leon Battista Alberti）的兩頁尤其令人難以忘懷。

阿爾伯悌是一個「復興之人」（Renaissance man 譯註：或譯「全才」；英文中是指興趣廣泛、知識豐富的人，有文藝復興時代人的特質）。他的興趣無所不在。布克哈特描述了阿爾伯悌怎樣學習音樂、法律、物理、數學、繪畫和文學方面的知識。布克哈特說：「他認眞鑽研各類藝術家、學者和工匠的學問，連鞋匠手藝的祕密和特性也不放過；他在各個領域裡都學有所成，並達到嫻熟靈巧的程度。」①阿爾伯悌極其熱愛生活；布克哈特談及「他全方位地接觸周遭的生活時所表現出的那種強烈的敏感。在看到挺立的大樹和起伏的玉米地時，他熱淚盈眶；他稱那些英俊、威嚴的老人爲『自然之光』，他們怎麼看都看不夠。」②對生活如此熱愛和對現實如此讚嘆的態度，是文藝復興的本質。

按照布克哈特的說法，在中世紀「人僅做爲一個民族、一個國家、一個家庭或一個社團的成員而意識到自己的存在，」而在義大利文藝復興時期，「人成了一個精神的『個體』。」③布克哈特認爲，個性在文藝復興時期的人文主義者那裡達到了頂點。這些人文主義者棄基督而敬古人，他們在寫作和生活方面都慕古仿古。

布克哈特的《希臘文化史》（*History of Greek Culture*）一書也和他的義大利文藝復興一書同樣有趣；這本書也討論了個性問題。布克哈特認爲，希臘人有一種高度發展的個性，當時的其他社會則以群體、階級制度和道德戒律的重量壓垮個性。④

除了《義大利文藝復興之文化》和《希臘文化史》這兩本書之外，布克哈特還寫了《君士坦丁時代》（*The Age of Constantine*），該書以羅馬歷史上一段衰退時期爲主題。

Johan Huizinga, 1872-1945

2 輝星格

約翰・輝星格（Johan Huizinga，又譯赫伊津哈）是二十世紀的重要歷史學家之一。輝星格認爲自己是繼布克哈特歷史研究之傳統的文化歷史學家。輝星格所著重研究的是一段布克哈特所忽略的歷史時期：中世紀。輝星格最著名的作品是《中世紀的衰落》（*The Waning of the Middle Ages*）。在這部著作中，輝星格指出中世紀之晚期是一個疲塌、悲觀和頹廢的時期。這本書思想深刻、可讀性強，堪稱優秀歷史學著作。該書儘管篇幅不長，但卻涉及了中世紀生活的多個層面，如哲學、文學、繪畫、騎士精神、愛情生活等等。輝星格在書中還描述了中世紀人的敬虔之心，怎樣表現在宗教儀式和其他外在形式上。中世紀人對聖人和聖人的遺骸頗具敬意：「一三九二年，法國國王查爾斯六世在一次盛大宴席上，向皮埃爾・底艾利（Pierre d'Ailly）贈送他的先人聖路易的肋骨；他把聖路易的整條肋骨送給伯叔百利（Berry）和伯根底（Burgundy），又把一根骨頭分贈給幾位教士；這些教士在宴會後平分了這份厚禮。」⑤

輝星格在另一本書《人與思想》（*Men and Ideas*）中也討論了中世紀。《人與思想》是散文集，其中大部分都是好文章。在一篇題爲〈文化歷史之任務〉（The Task of Cultural History）的文章中，輝星格指出，歷史應該使過去復活，應該給讀者一種對某一歷史時期身臨其境的感覺。輝星格對現代歷史研究和傳記寫作中的浪漫主義和試圖把歷史娛樂化的傾向嗤之以鼻。他寫道：「世界上沒有任何一種文學效果能與純粹的、冷靜的歷史品味相媲美。」⑥

輝星格的其他文章被蒐集在一本題爲《十七世紀荷蘭文明史及其他》（*Dutch Civilization in the Seventeenth Century and Other Essays*）的書中。這本書的大部分文章不是爲了一般讀者所寫的，而是爲了輝星格的同胞荷蘭人和他的一些同時代人而寫的。輝星格之鍾情於荷蘭，使人聯想起奧特加之鍾情於西班牙。在一篇題爲〈歷史思想之審美因素〉（The Aesthetic Element in Historical Thought）的文章中，輝星格宣布他對「歷史思考中審美因素的重要性堅信不移」，他反對歷史應當試圖科學化的說法。他說：「歷史學家試圖重新經歷像我們一樣的人所曾經歷的一切……眞正的歷史研究激發我們的想像，並激勵我們形成觀念、畫面和景象。」⑦

輝星格的《在明日之影中》（*In the Shadow of Tomorrow*）一書不是一部歷史著作，而是一個西方文明史的分析。它討論了從道德無政府狀態到藝術頹廢等諸多不斷困擾西方的問題。儘管這本書有時令人想起奧特加的《群衆的反叛》（*The Revolt of the Masses*），但相比較而言，它不如奧特加的書與我們的時代聯繫較緊密，因爲其中很大一部分是對法西斯的批判。儘管如此，《在明日之影中》仍不失爲有趣、簡短而可讀的好書。這裡，輝星格注意到，現代教育和新聞媒體都對文化有害而無益：「我們的時代面臨著一個令人氣餒的事實，這就是：文明社會所自吹自擂的兩大成就——普及教育和現代宣傳媒體，不像是在提高文化水準，而是在製造文化衰弱和文化頹廢的症狀。」⑧

在觀察現代藝術時，輝星格發現，在現代文學和現代繪畫中都有一種非理性的趨勢。文學和繪畫變得越來越令人費解。輝星格說，通觀歷史，詩歌一直都保持了「與理性表達的某種關係……直到〔十九〕世紀的最後幾年，我們才發現詩歌在有意偏離其理性之軌道。」⑨

輝星格對美國和美國歷史格外感興趣。他著有《世人與美國民眾》（*Man and the Masses in America*）和《美國生活及其思想》（*Life and Thought in America*）；這兩本書往往合集出版。這兩本書的研究對象是一九二五年以前的美國和現代社會的一般現象，包括報紙、電影和文學。作者對形成美國歷史的經濟力量相當關注。

輝星格在許多著作中都討論了文化中的遊戲因素。最後，當他的生命即將結束、他被納粹關押起來時，他把這些想法整理成冊，寫了一本題爲《遊戲的人：關於文化的遊戲成分的研究》（*Homo Ludens: A Study of the Play Element in Culture*）。《遊戲的人》一書有很多有趣的思想，但這些思想的表達相當學術味且枯燥。輝星格認爲，遊戲是人類生活的基本現實之一，並是詩歌、音樂、哲學——甚至是法學和戰爭的源頭。任何想要深入鑽研人類深層本性的人，和對人類之所以發動戰爭和創造文化感興趣的人，都應該認眞考慮輝星格的這一思想。輝星格在這裡所討論的不只是遊戲，他討論的是人類的本性，是人類本性中的根本動力。他寫道：「所謂一種社會的刺激，遊戲式的競爭精神比文化本身還要古老，它如同一種眞正的酵素充滿所有的生命體。神聖的遊戲生出宗教儀式；玩耍生出詩歌，並滋養詩歌；音樂和舞蹈純粹就是遊戲……因此，我們不得不得出這一結論：文明在最早階段是一種遊戲。文明不是產生於遊戲……文明是在遊戲中形成，並做爲遊戲而形成的，它從未離開過遊戲。」⑩

3 湯恩比

阿諾德・湯恩比（Arnold J. Toynbee）十九世紀末出生在英國，他的大部分作品產生於二十世紀。湯恩比最廣爲人知的著作是《歷史之研究》（*A Study of History*）。他在這本書中闡述了這一觀點：統治階級對反抗的勞動階級失去控制時，即文明開始衰退之日。按照湯恩比的分析，統治階級試圖透過建立大一統的國家制度以維持秩序，但這個辦法只能保證暫時的成功。與此同時，勞動階級在大一統的國家制度中建立起一種宗教，這種宗教逐漸以一統的教堂形式出現。大一統的國家制度逐漸解體，而宗教之統治卻得以存活。這個一統的宗教統治便因而成爲新的文明種子。湯恩比的這一理論基於羅馬帝國之衰亡和基督教之興起的歷史事實，但他堅持這是普遍的歷史規律。湯恩比狂熱信奉基督教，他的歷史理論往往反映他對宗教的虔誠。湯恩比跟黑格爾一樣，也相信歷史中運行著一種具有神性的規律。

湯恩比生活於歐洲歷史地位發生重大變化的時代，他對這些變化感到強烈的震驚。在湯恩比年輕的時候，歐洲位於世界巔峰，其殖民地遍布世界各洲。到了第二次世界大戰結束的時候，歐洲丟失了大部分的殖民地，並且失去在世界上的統治地位。然而，儘管西方不再像以往那樣在世界上居統治地位，西方的影響力仍然是巨大的。湯恩比預見到「整個世界的急遽西方化」⑪但是，西方文化曾經只屬少數菁英分子所有，它一旦逐漸流散於一切社會階層和所有國家，它的質量就下降了；它流散得越廣泛，它的質量就越低劣。

非西方國家進退兩難：要麼模仿西方，採用一種劣等的西方文化，並同時失去自己的生命力和創造力；要麼閉關自守，以避西方之影響。湯恩比指出，日本先嘗試了前者，又嘗試了後者；先嘗試了閉關自守，又嘗試了模仿西方。雖然日本在物質上獲得成功，但這個成功是以損失其生命力和創造力爲代價的。湯恩比分析說，一個國家即使像日本那樣成功地效法西方，它也是除了「在無從釋放新的創造能量的基礎上，僅僅擴大被模仿國機器生產的貨物數量」⑫以外，其他便一無所獲。因此，當西方世界陷入一種困境——即精神危機時，非西方世界也陷入困境之中。

湯恩比認爲，擴大聯合國的權力至關重要，聯合國可由此而逐漸成爲世界的政府。在湯恩比看來，文明的最大希望是在一個宗教的基礎上，即在基督教的基礎上，發展世界政府，以致建立世界文明。

除了《歷史之研究》和《審判文明》（*Civilization on Trial*），湯恩比還寫了《希臘文化：一段文明史》（*Hellenism: The History of a Civilization*）。這本書語言簡潔、條理清晰，總結了從荷馬時期到羅馬帝國衰亡時期的古代文明；書中對經濟和軍事事件有側重描述。湯恩比還寫了——或者不如說——還編撰了《半個世界：中國日本之歷史與文化》（*Half the World: The History and Culture of China and Japan*），這本書對中國和日本做了精采的介紹。

Edward Gibbon, 1737-1794

4 古代歷史

古代史研究應該從俄國歷史學家羅斯托富澤夫（Michael Ivanovich Rostovtzeff, 1870-1952）開始。羅斯托富澤夫寫了一部兩卷本的《古代世界之歷史》（*History of the Ancient World*），此書的第一卷講的是美索不達米亞、埃及和希臘史，其題目是《東方與希臘》（*The Orient and Greece*），第二卷講的是羅馬史，比第一卷更有意思。羅斯托富澤夫的著作堪稱思想深刻、結構嚴謹之佳作。

雖然羅斯托富澤夫名不見經傳，但他在學者當中享有很高的聲譽。比如，輝星格就對羅斯托富澤夫備加讚賞，他曾寫道：「羅斯托富澤夫以一個亟待回答的問題結束了他的《羅馬帝國社會與經濟史》（*Social and Economic History of the Roman Empire*）一書，而我們對這個問題至今還沒有找到答案：『要強行地將一個高級的文明延至一個低劣的階層，而不降低其標準和嚴重損害其質量，這可能嗎？每一種文明當它開始向民眾滲透時，它就一定開始衰退了，難道不是這樣嗎？』」⑬

富斯特・德・庫朗傑（Fustel de Coulanges, 1830-1889）在《古代城市》（*The Ancient City*）一書中，從文化人類學的角度觀察了希臘和羅馬，書中介紹了做爲古代社會基礎的原始宗教思想。這本書易讀易懂，既能幫助讀者了解古希臘人和古羅馬人，也能幫助讀者從廣義上了解初始的人類。它描述了原始人怎樣崇拜祖先、每一個原始家庭怎樣有自己的宗教、個人怎樣隱沒在家庭之中以及長子怎樣繼承家庭的宗教。它還描述了古代城邦怎樣始於原始家庭，和古代政治家怎樣像原始家庭的父親一樣，既是君主又是牧師。

討論西方經典著作，若不提十八世紀的英國歷史學家愛德華・吉朋（Edward Gibbon）和他的名著《羅馬帝國衰亡史》（*The Decline and Fall of the Roman Empire*）就不算完整。吉朋以撰文風格和褻瀆宗教的態度著稱。他的文章多冗長沉悶、措辭過於講究，但它能教給人很多英語知識。假如讀者想認識一下吉朋，就應該讀他《羅馬帝國衰亡史》第十五章，這一章涉及早期基督宗教。

希臘歷史學家希羅多德（Herodotus, 474-424BC）常被稱爲「歷史之父」。他的著作《歷史》（*Histories*）涉及波斯和希臘之間的戰爭以及其他古代歷史題目。他的書易讀、有趣，故事傳說俯拾皆是。

跟希羅多德相比，修昔提底斯（Thucydides, 460?-? 400BC）以更嚴肅、更冷靜、更實際的態度對待歷史。修昔提底斯著有《婆羅奔尼撒戰爭》（*The Peloponessian War*）。這本書描寫的是雅典和斯巴達及其盟友之間的戰爭，修昔提底斯本人就是這場戰爭的參加者。大概除了塔西佗（Cornelius Tacitus, 55?-120）以外，修昔提底斯在古代歷史學家中算是享譽最高的了。他的作品哲理深刻、風格輕鬆、趣味無窮。他對人類社會的觀察不訴諸情感，冷靜而淡漠，令人想起馬基維利（Machiavelli）。他注意到發生在婆羅奔尼撒戰爭期間希臘精神的變化：「在整個希臘世界中存在著一種普遍的性格墮落。簡單而樸素的處事方法是高貴本質的體現，而這竟被認爲荒謬可笑，並很快就不復存在了。」⑭

李維（Titus Livy, 59BC-17AD）是資格最老和名氣最大的羅馬歷史學家之一。李維著有一部卷帙浩繁的著作，以羅馬帝國的建立開始，直至羅馬共和國的結束。現存的李維著作已不完全。長期以來，李維一直是很受人歡迎的作家，但他的名聲卻比不上修昔提底斯。在李維的作品中，常可見到傳說和迷信。

朱利阿斯・凱撒（Julius Caesar, 100-44BC）是另一位早期羅馬歷史學家。凱撒最著名的著作是他的《高盧戰記》（*Gallic Wars*），此書描述的是凱撒本人在高盧所打的各次戰役。凱撒的著作以風格簡潔和清晰見長。

塔西佗和李維與凱撒之間有幾代人之隔，他的著作在內容上比李維和凱撒的更複雜、更精確。在所有的羅馬歷史學家中，塔西佗是唯一可以在哲理的深刻闡述和心理的微妙描寫方面，與修昔提底斯齊名的人。塔西佗這樣寫道：「只有一個目標值得無休止地追求：後人的讚譽之聲。蔑視聲名，也就蔑視了得以獲得聲名的美德。」⑮塔西佗一直享有盛譽；蒙田、吉朋等人都尊奉塔西佗爲古代最偉大的作家之一。塔西佗最著名的著作是他的《歷史事件》（*Histories*）和《塔西陀編年史》（*The Annals*）；這兩本書都專論羅馬帝國史。塔西佗還寫有關於演說術、德國原住民、他的岳丈阿格雷克拉（Agricola）將軍和總督的短篇著作。還有很多塔西佗的著作沒有流傳下來。塔西佗的著作以其內容厚實和風格複雜多變而見長，他也以對羅馬皇帝暴政的不滿而著稱。

蘇埃托尼烏斯（Gaius Suetonius Tranquillus, 69?-122?）生長於塔西佗的時代，當時正值羅馬文明衰退之時。蘇埃托尼烏斯著有《羅馬皇帝傳》（*The Lives of the Caesars*），這是一本羅馬皇帝傳記故事的綜合之作。蘇埃托尼烏斯寫的是臥房歷史；他的書充斥著閒話、謠言。然而，公正地說，蘇埃托尼烏斯的書還是輕鬆可讀的——較之塔西佗的更是如此——可以使人了解到不少羅馬帝國後期的歷史。

5 中世紀史

Robert Lacey, 19-

判斷書的優劣有兩個標準。第一是質量，或者說是一本書自身的特質。第二是效果，或者說是一本書能爲讀者所做的，即一本書可給予讀者的樂趣和知識。一部傑作既有質量也有效果，一部劣作既無質量也無效果。

有一個在效果上頗佳，卻在質量上有所欠缺的例子，這就是《一千年：千年之末生活狀況：一個英國人的世界》（*The Year 1000: What Life Was Like at the Turn of the First Millennium: An Englishman's World*）。本書作者羅伯特・雷西（Robert Lacey）和丹尼・丹

辛格（Danny Danziger）是經驗豐富的作家、新聞記者，是以文爲生的專業寫手。他們成功地寫作了一本可讀、有趣、娛樂性強的書；讀者掩卷時會有意猶未盡之感。然而，他們未能成功地寫就一部經典著作；他們爲了當代讀者而寫作，而不是爲了後代而寫作。這兩位作者對自己所著述題目的知識功底不夠深厚，並缺乏得出概括性結論或深刻思想的能力。但是，在蒐集奇聞軼事並將之編撰成文方面，他們的確做得不錯。

一個城鎮的歷史，可以爲一個國家的歷史提供寶貴而新鮮的觀察角度。我推薦一本有關麻省康考德鎮的歷史書，名爲《康考德：美國城鎮》（*Concord: American Town*）（湯森·斯葛德爾[Townsend Scudder]著）。這本書的風格類似小家碧玉，屬輝星格所批判的那種，但它闡明了美國歷史的幾個重要主題，其手法是讀者所喜聞樂見的。

可勞克爾（H.W. Crocker）寫的《羅伯特·李論領導藝術》（*Robert E. Lee on Leadership*）一書是美國歷史上一位偉人的簡短傳記。此書的文學價值，被作者欲向商業界首領傳授領導才能的意圖所損害。儘管有這一個缺點，本書仍不失爲有趣可讀之作。書中對南北戰爭的看法是南方人的觀點，而不是像一般所見是以北方人的觀點爲基礎。本書的參考書目，可引導讀者找到有關美國歷史上這一戲劇性階段值得一讀的書籍。

Louis Napoleon, 1808-1873

Adolf Hitler, 1889-1945

Albert Speer, 1905-1981

7 拿破崙和希特勒

哲學家和心理學家對拿破崙（Louis Napoleon）和希特勒（Adolf Hitler）的研究興趣永無止境。學者們常常指出兩人之間的相似：兩人都出生在他們所統治的國家之外（拿破崙出生在科西嘉島，希特勒出生在奧地利）；兩人都是天才人物；兩人都是驍勇善戰、非同一般的兵士；兩人都出身寒微，卻最終獲得了絕對權力；兩人都開創了擴張性帝國；兩人都在俄國被擊敗，然後又受到西方國家的打擊，最後被徹底消滅。

寫拿破崙的許多書都很有趣。安德雷・莫羅瓦（André Maurois, 1885-1967）的《拿破崙：圖片傳記》（*Napoleon: A Pictorial Biography*）是對拿破崙很好的介紹。它和莫羅瓦所寫的伏爾泰的書一樣易懂易讀，令讀者感到輕鬆。

《拿破崙其人》（*Napoleon the Man*）由莫雷茲考夫斯基（Dmitri Sergeyevich Merezhkovsky）所著，是一本簡短而引人入勝的書。書中最有趣的部分是那些來自熟識拿破崙的人的引語，這些引語比作者本人的議論要有趣得多。閱讀此書的讀者，會想要閱讀作者從中蒐集那些引語的書。然而，這些第一手資料多長篇巨製、卷帙浩繁；讀這些書所需要的耐心，比讀莫雷茲考夫斯基的書所要求的耐心要大得多。

拿破崙在孩童時期就熱情洋溢且富有理想。他得靈感於古代歷史、普魯塔克（Plutarch, 46?-?120）所講述的古希臘、古羅馬英雄故事和法國悲劇。他決心仿效歷史和戲劇人物，要成就驚天動地之舉。他不明白爲什麼周圍的人沒有要當英雄的願望。他背棄人群，孤獨乖僻。拿破崙集夢幻似的浪漫主義和現實主義態度於一身；一個熟悉他的人說，他「喜歡所有帶有幻想色彩的東西：莪相（Ossian，編按：傳說中三世紀的詩人）的詩、柔和的光線、憂鬱的音樂……他聽著音量微弱、速度緩慢的音樂時，會陷入一種恍惚的神情；一到這時候，我們就誰都不敢打擾他，哪怕是以最最輕微的動作。」⑯

羅斯（J. H. Rose）寫的《拿破崙之個性》（*The Personality of Napoleon*）和莫雷茲考夫斯基的《拿破崙其人》截然不同：莫雷茲考夫斯基寫的是拿破崙的靈魂，而羅斯寫的是拿破崙的政策——他的法律政策、經濟政策、政治政策和軍事政策。儘管羅斯的書與莫雷茲考夫斯基的書不同，但也是一本讀來有趣的好書。還有一本關於拿破崙很有意思的書，這就是何諾德（J. Christopher Herold）寫的《拿破崙思想》（*The Mind of Napoleon*）——一本拿破崙語錄。全面講述拿破崙歷史最好的書，由拿破崙的同學和秘書波瑞安（Bourrienne）所撰。⑰

有關希特勒的最佳著作是斯皮爾（Albert Speer）《第三帝國內幕》（*Inside the Third Reich*）。托蘭德（John Toland）的兩卷本希特勒傳記也是令人愛不釋手的書，讀了它可以了解當時的歷史和希特勒本人。希特勒的自傳《我的奮鬥》（*Mein Kampf*）和墨索里尼的自傳一樣，其中某些部分很有意思。對墨索里尼感興趣的讀者應該去讀愛米爾・路德維格（Emil Ludwig）的《與墨索里尼談話筆錄》（*Talks with Mussolini*）。

8 科多瑞和約翰遜

在歷史領域裡，當代最優秀的學者之一是艾利・科多瑞（Elie Kedourie）。科多瑞的專門領域是民族主義和中東事務。科多瑞於二十世紀三〇年代出生在一個伊拉克猶太人社區。當阿拉伯民族主義分子在伊拉克掌權時，他們沒收了猶太人的財產，並消滅了猶太人社區。科多瑞對民族主義的罪惡有親身經歷。雖然，他是猶太人，但是他對猶太人的民族主義和對阿拉伯人的民族主義持同樣的批評態度。他認爲以色列是猶太民族主義和猶太恐怖主義的產物，並把以色列說成是一個「沒有一個正人君子能夠對其效忠的不正常東方聯邦。」⑱

科多瑞持保守的政治觀點。激進分子認爲，西方國家的罪責在於剝削和統治其他文化，而科多瑞卻認爲，西方國家過早地使自己的殖民國家獨立自主。他認爲從很多方面來說，舊的殖民帝國都比新近獨立的國家有利於大衆。科多瑞著重批評的一位激進思想者是湯恩比：科多瑞在〈柴特漢姆幫之論〉（The Chatham House Version）

一文中，對湯恩比進行了猛烈攻擊。⑲

保羅・約翰遜（Paul Johnson）是另一位有保守主義傾向的當代歷史學家。約翰遜所著《現代時日》（*Modern Times*）是一部二十世紀的歷史概況。科多瑞的著作學術氣息濃厚，嚴肅且深刻，約翰遜的著作則多有奇聞軼事，且傾向於新聞寫作。約翰遜書中所採集的奇聞往往使讀者吃驚，比如，他描述一個印度的政治家怎樣在每天清晨喝一杯自己的尿。偉大的歷史著作絕不止於奇聞軼事，它是對人類狀況的認眞解釋。不幸的是，現代歷史學家們發現，如果他們在書中堆積充滿刺激性的奇聞軼事，他們的書就可以暢銷。

9 高依坦和格倫那寶姆

高依坦（Shlomo Dov Goitein）和格倫那寶姆（Custave Von Grunebaum）是現代的兩位中東問題專家。高依坦專事猶太文化研究，格倫那寶姆則專事伊斯蘭文化研究。兩人的寫作都帶有學術研究性質，風格上稍嫌枯燥；他們的書也從來沒有上過暢銷書單。我推薦高依坦的《猶太人與阿拉伯人：二者歷年之交往》（*Jews and Arabs: Their Contacts Through the Ages*）。儘管讀這本書需要一定的耐心，但讀完後會對猶太人和阿拉伯人有深入了解。高依坦在書中討論了猶太文明和阿拉伯文明之間的密切聯繫。比如，他說穆罕默德（Muhammad）就深受猶太宗教的影響，而猶太作家葉胡達•哈雷維（Yehuda Halevi）也深受阿拉伯文化的影響。高依坦極喜歡文學，他這樣說道：「當葉胡達•哈雷維描寫到自己怎樣起身於夜半，陶醉於明星閃爍的夜空之美景時，我們毫不懷疑地相信，他的確是有過那種經歷的。」⑳

格倫那寶姆以《中世紀之伊斯蘭》（*Medieval Islam*）之作者著稱。他關於伊斯蘭文學的評論和高依坦對猶太文學的評論一樣，很有見地。格倫那寶姆說，在公元一千年左右，伊斯蘭文明開始衰退，伊斯蘭教作家開始追求形式：「作家不再對他所描述的事件感興趣；他們只對自己的描述感興趣。事實被降低為一種顯示的機會，也就是說，顯示作家的技巧、才智和知識的機會。」㉑格倫那寶姆對伊斯蘭文學和伊斯蘭宗教的評論極為深刻，它們超越了伊斯蘭文化的界限，對認識廣義的文學和廣義的宗教都有所啓示。

在談到聖人之品質時，他引用了一個穆斯林聖人的話：「眞正的聖人在民衆間進出，與民衆同食同寢，於市場上買賣，履行婚姻職責，參加社會交往，卻無時無刻敢忘卻上帝。」㉒

10 梅爾維爾和喬治・堪南

Herman Melville, 1819-1891

George F. Kennan, 1904-

美國所產生著名的文學作品之一是梅爾維爾（Herman Melville）的《白鯨記》（*Moby Dick*）。梅爾維爾寫《白鯨記》的時候大約三十歲，後來《白鯨記》受到冷遇，他便停止了寫作。公衆的讚賞對作家和藝術家的創作是一種促進的力量；如果作家和藝術家的作品被公衆忽視，他們有時就會停止創作。反過來說也一樣，如果他們的作品受到公衆的讚賞，他們就可能備受鼓舞而盡最大努力繼續創作。

美國的外交家和歷史家喬治・堪南（George F. Kennan）是一個作品受到廣泛閱讀

並得到公衆普遍讚賞的作家。堪南以二十世紀史爲素材，創作出飲譽長久的文學作品，他這樣的作家是鮮有的。堪南在文學上的卓越成就部分歸因於公衆的讚賞。堪南在寫作他的第一部文學作品《俄羅斯撤出戰場》（*Russia Leaves the War*，一部講述俄羅斯撤出第一次世界大戰的作品，出版於一九五六年）之前，就是一位國際知名人士。堪南是外國事務特別是俄國事務專家。在堪南的生活年代，這些題目似乎很重要，也很有意義，堪南自己就處於世界事件的中心。當別的知識分子可能感到他們身處於美國社會之外，既毫不相關，又受到忽略，堪南卻正置中心。這大概是堪南之所以能夠著作等身，而其時沒有幾個美國作家能夠做到這一點的原因。

名聲對孤寂是一個威脅，堪南指出過這一點。他說，在現代美國，「成功給一個獲得成功的人所帶來的是排山倒海似的公衆注意和商業壓力，以致他只有兩種選擇：或移民出走到國外生活，或不再寫任何有絲毫價值的東西。」堪南說，他被「想找工作的人」、「想請我看書稿的人」、「想請他在畢業典禮上講話的人」不斷地騷擾。而另一方面，堪南似乎對不知名的知識分子也富有同情：「完全的沒沒無聞是一個障礙，一個人只有靠很大的努力和好運，才能衝破這個障礙。」㉓簡言之，堪南對名聲這個題目的討論有著他對其他題目的討論同樣的趣味性和深刻性。

堪南的作品充滿對國際事務的新觀察和新思想。堪南在陳述敘事上獨具匠心；他能完全站在讀者的角度，爲讀者提供自己也感到賞心悅目的作品。堪南有特殊的品味。

堪南是美國社會的尖銳批評者。他指出：「我們國家對不足之處——有的還很嚴重——毛骨悚然，我們一致地意識到這些不足，但是我們缺乏決心和公民的力量去改正它們。」堪南悲嘆「輕率的人口過剩、工業化、社會的商業化和都市化」。他懷疑美國民主是否可以解決美國的問題，他想到或許一種不同的政治制度可以較好地解決美國的問題。儘管堪南的專業領域是國際關係，但「隨著時間的推移，這種實踐越來越顯得空洞無理；我不得不問自己，當一個社會的內部關係正在明顯崩潰的時候，還有必要試圖保護它與其他社會的關係嗎？」㉔

Alfred Henry Kissinger, 1923-

11 其他現代歷史學家

假如你想了解二十世紀歷史的陰暗面，你就應該去讀塞若・諾姆伯格—普利茲提克（Sara Nomberg-Przytyk）寫的《奧茨維茲》（*Auschwitz*）。這是一本作者本人在奧茨維茲集中營經歷的叙說，精練而令人感動。

在我們開始討論傳記和自傳著作之前，我們應該提及季辛吉（Alfred Henry Kissinger）的兩卷回憶錄。季辛吉的回憶錄也像很多現代史學著作一樣，長得只適合專家閱讀，不適合大衆閱讀。但是，季辛吉的作品還是集深刻與幽默於一身，在大多數現代史學著作中鶴立雞群。季辛吉寫到他第一次去中國的經歷時說：「人在年輕的時候可能捕捉到一種似乎使時間停滯的感覺。人要在成年時再次捕捉到這種感覺，就不那麼容易了。那種感覺使每一個事件帶有新鮮的神祕色彩……這就是我在飛機越過白雪封頂的喜馬拉雅山時所感受到的。」㉕

James Boswell, 1740-1795

12 傳記和自傳

包斯維爾（James Boswell）的《約翰生傳》（*Life of Johnson*）被廣泛認爲是最佳英語傳記著作。包斯維爾嚴肅而正式的叙述風格，使人想起吉朋（Gibbon）的風格。包斯維爾按照生卒年月描述英國著名作家及辭典編纂家約翰生（Samuel Johnson）的一生；他寫的是一部完整而細緻的約翰生生平。包斯維爾這部《約翰生傳》大部分比較枯燥、無趣，所以還是讀簡明本的好。

包斯維爾在書中叙述了約翰生與他的交談，在這些交談中，約翰生表達了他對很多問題的意見。約翰生的政治和宗教觀點總的來說是保守的；他和他的同時代人盧梭在關於是否每個人都應該工作這個問題上意見不一致。他說：「假如大家都爲了大家而工作，那就大家都是輸家——因爲大家都將沒有智力的改善。所有的智力改善都源於安逸閒暇：所有的安逸閒暇都源於一個人爲另一個人工作。」㉖

幾乎跟包斯維爾《約翰生傳》齊名的傳記作品，是義大利藝術家柴利尼（Benvenuto Cellini, 1500-1571）的《自傳》（*The Autobiography*）。但是，柴利尼的自傳不過是一部冒險故事書時而有娛樂性，但絕不深刻。班傑明・富蘭克林（Benjamin Franklin）的《自傳》比柴利尼的《自傳》要有趣的多；富蘭克林的是卡夫卡最喜愛的書之一。然而，富蘭克林的文學天賦有限；他的自傳帶有很重的說教色彩，不能說它是一本一流的文學作品。

梵谷（Vincent Van Gogh, 1853-1890）給他弟弟提奧寫的信也是一種自傳。這種自傳通常有簡明本；讀者應該讀簡明本。梵谷的信寫得很好、很有趣也很感人，它們在世界文學中是上乘的佳作。梵谷生動地描述他在貧困、孤獨和不被承認的狀態中所做的掙扎。他寫道：「假如我用不著禁食的話，我的體質會好得多，但是我一直都得在禁食和減少工作量之間進行選擇。到目前爲止，我都是選擇前者。」㉗梵谷在繪畫中找到了安慰：「我認爲我常常像克羅伊斯（Croesus）那樣富有，不是在金錢方面，而是因爲我在我的工作中發現了我可以全心全意爲之奉獻的東西，這是帶給生活以靈感和熱情的東西。」㉘

最多產的現代傳記作家之一是德國作家艾米爾・路德維格（Emil Ludwig）。路德維格的許多整部傳記（比如他寫的《拿破崙傳》）質量一般。但是，他有些稍短的傳記作品卻很有意思。我推薦他的《天才及其性格》（*Genius and Character*），這是一個短篇傳記作品集。路德維格的《三大巨人》（*Three Titans*）——關於林布蘭（Rembrandt Van Rijn）、米開朗基羅和貝多芬——也是一本很有意思的書。

林語堂是一個久居海外的現代中國作家，他以自己的文學生涯來教外國人認識中國。他的著作之一是關於十一世紀中國詩人蘇東坡；書名爲《蘇東坡傳》（*The Gay Genius: The Life and Times of Su Tungpo*）。這本書有助於讀者了解關於中國文明的很多事情。林語堂有一定的文學天賦，但正如許多現代作家一樣，他著書不夠簡練。他的蘇東坡傳就失之冗長。

最傑出的現代傳記作家是司特雷奇（Lytton Strachey, 1880-1932）。司特雷奇是維吉尼亞・吳爾芙（Virginia Woolf）的朋友，也是在二十世紀早期極爲活躍的「布倫斯伯利小組」（Bloomsbury Group）的組織成員。司特雷奇讚賞法國文學，卻對英國文學失望。他說英國（他的祖國）從未產生過一個這樣的傳記作家；這個作家有能力「將人的多采生活凝練地表現在幾頁亮麗的篇幅當中……保持適當的簡潔性——這種簡潔排除一切多餘的東西但保留一切有意義的東西——絕對是傳記作家的首要責任。㉙」司特雷奇以《維多利亞時代四名人傳》（*Eminent Victorians*）而享譽四方。這部傳記將維多利亞時代的四位傑出人物的生活，機智而凝練地表現在幾頁亮麗的篇幅當中。這四位傑出人物是曼寧樞機主教（Cardinal Manning）、南丁格爾（Florence Nightingale）、托馬斯・阿諾德醫生（Thomas Arnold）和戈頓將軍（General Gordon）。《維多利亞時代四名人傳》的確是一部優秀的文學著作。我還推薦司特雷奇的《伊麗莎白和艾塞克斯》（*Elizabeth and Essex*），這本書僅以二百五十頁的篇幅就使伊麗莎白時代躍然紙上。

註釋：

①《義大利文藝復興之文化》（*The Civilization of the Renaissance in Italy*），第二章，第二節。

②同上。

③同上，第二章，第一節。

④弗雷德里克・安格出版公司，紐約，一九六三年；譯文基於一九五八年出版的兩卷本德文節略版（Frederick Ungar Publishing Co., New York, 1963）。

⑤《中世紀的衰落》（*The Waning of the Middle Ages*），第十二章。

⑥《人與思想》（*Men and Ideas*），〈文化歷史之任務〉（The Task of Cultural History）。

⑦《十七世紀荷蘭文明史及其他》（*Dutch Civilization in the Seventeenth Century and Other Essays*），〈兩個與天使摔跤的人〉（Two Wrestlers With the Angel）。

⑧《在明日之影中》（*In the Shadow of Tomorrow*），第七章。

⑨同上，第八章。

⑩《遊戲的人》（*Homo Ludens: A Study of the Play-Element in Culture*），第十一章。

⑪《審判文明》（*Civilization On Trial*），第六章。

⑫同上，第十章。

⑬《人與思想》，〈文化歷史之任務〉。

⑭《婆羅奔尼撒戰爭》（*The Peloponessian War*），第三章。

⑮《塔西陀編年史》（*Annals*），第四章，第三十八節。

⑯《拿破崙其人》（*Napoleon the Man*），第八章。

⑰我推薦費普斯編輯的英語版本（紐約斯可蘭布勒出版公司，一八九五年）（R. W. Phipps, New York: Scribner's, 1895）費普斯對原著做了改進：他加進了許多註釋，其中許多包括從當時其他回憶錄中節

選的引語。他也刪節了原著重複的某些段落，但即使這樣，這本書仍然長達四卷之多，並且每一卷有四百頁之長。

⑱《柴特漢姆幫之論以及其他中東研究》（*The Chatham House Version and Other Middle Eastern Studies*），第十章。

⑲ 此文見科多瑞著《柴特漢姆幫之論以及其他中東研究》。

⑳ 高依坦著《猶太人與阿拉伯人：二者歷年之交往》（*Jews and Arabs: Their Contacts Through The Ages*），第七章，第五節。

㉑ 格倫那寶姆著《中世紀之伊斯蘭：東方文化研究》（*Medieval Islam: A Study in Cultural Orientation*），第七章，第一節。

㉒ 同上，第四章，第五節。

㉓ 喬治・堪南著《回憶錄：一九五〇至一九六三》（*Memoirs 1950-1963*），第一章。

㉔ 同上，第四章。

㉕《白宮歲月》（*White House Years*），第十九章。

㉖ 包斯維爾著《約翰生傳》（*The Life of Johnson*），見〈年六十四〉。

㉗《親愛的提奧》（*Dear Theo*），新美國圖書館出版社，一九六九年，第二百二十六頁。

㉘同上，第一百九十五頁。

㉙《維多利亞時代四名人傳》（*Eminent Victorians*）前言。

綜 合 類

Miscellaneous

John Ruskin, 1819-1900

1 魯希金

約翰・魯希金（John Ruskin）是十九世紀最具影響力的英語作家之一。十九世紀四〇年代，魯希金只有二十幾歲的時候，就開始寫作第一部著作《現代畫家》（*Modern Painters*）。這部著作起初是爲英國畫家特納（Turner）辯護而寫的，結果它逐漸變成一部五卷本的繪畫藝術概論。寫作《現代畫家》以後，魯希金又寫了《建築美學七盞燈》（*The Seven Lamps of Archiecure*）和《威尼斯之石》（*The Stones of Venice*）兩本書。這兩部著作讚美了哥德式（Gothic）建築，並對建築史上稱之爲「哥德復興」

的運動有所貢獻。魯希金是第一位獻身於視覺藝術研究的重要作家。魯希金在繪畫和建築藝術方面的著作有口皆碑，這是各主要大學把藝術史做爲一門學科而建立起來的緣起。無人不爲魯希金對自然和藝術精采的描述而折服。

魯希金教他的讀者怎樣用眼睛欣賞；夏綠蒂・勃朗蒂（Charlotte Bronte, 1816-1855）讀了《現代畫家》之後說，她感到魯希金給了她一種新的感官——視覺。魯希金教他的讀者欣賞自然；他教他們注意雲、影和樹等這些他們從未注意的事物。魯希金還教他的讀者欣賞建築物；他教他們注意簷口、線腳和山牆等他們以前從不注意的東西。魯希金透過給予讀者對周圍世界（自然的以及人造的）彌足珍貴的欣賞，來教育他們。

十九世紀，歐洲知識分子對宗教的激情越來越少，與此同時，他們似乎對藝術激情日見增加；藝術那時正在成爲一種新的宗教。魯希金不僅是十九世紀領銜的藝術批評家，他還是一位預言者；他將人們心底的情感引發出來。普魯斯特對魯希金敬佩不已，他斷斷續續地翻看每一本魯希金的著作，儘管他的英語很不熟練。普魯斯特甚至將魯希金的兩本書翻譯成了法語。他說：「當我看到這個死去的人多麼偉大地活著，我知道了死是一件多麼渺小的事。」托爾斯泰說：「魯希金是最傑出的人之一；他不僅是英國及這時代的巨人，也是所有國家和所有時代的巨人。他是那種很少有的用心思考的人之一。」

正如孟子認爲只有一個好人才能寫出好文章來那樣，魯希金也認爲只有一個好人才能創造出好的藝術作品。魯希金對藝術的討論不限於藝術本身，他把藝術放在道德、宗教、政治等環境中討論。魯希金把藝術與日常生活聯繫在一起，所以，他對藝術的批評常常達到哲學的水平。魯希金相信，現代人無法創作出好的藝術，因爲現代人沒有一個好的生活，因爲現代人除了崇拜金錢之外沒有任何宗教。魯希金說：「一個民族如果成爲一群只懂得掙錢的烏合之衆，那這個民族就無法長久下去：它不可能不受到懲罰……如此蔑視文學、蔑視科學、蔑視藝術、蔑視自然、蔑視激情，如此一心向錢。」①

漸漸地，魯希金由一個藝術批評家變成一個經濟學家。正像他把藝術和生活相聯繫一樣，他也把經濟和生活相聯繫。他確信，財富和科技如果不能幫助人生活得更有意義，它們就毫無價值。他堅持認爲：「除了生命以外別無財富。」②他最著名的經濟學著作是《直到最後一個》（*Unto This Last*）；這是一本精練而有力的批判資本主義的書。《直到最後一個》這本書是英國工黨創建者的思想來源，也是甘地的思想來源，甘地還將這本書翻譯成印度方言。《直到最後一個》這本書中的許多思想都被我們的時代廣泛接受，比如在勞工和管理人員之間應該有一個團隊精神的思想。

魯希金的全集卷帙浩繁，因爲他大部分作品的篇幅都很長。魯希金的許多演講也出版了。他最好的篇幅較短的作品是〈交通〉（Traffic）一文、《建築美學七盞燈》和《芝麻與百合》（*Sesame and Lilies*）。③

2 白倫森

伯納德・白倫森（Bernard Berenson, 1865-1959，又譯貝仁森）和魯希金一樣，以藝術評論著稱。白倫森一八六五年生於立陶宛的一個猶太家庭，但他是在美國長大的。雖然他是美國公民，卻在義大利度過生命中的大部分時光。他專長於義大利文藝復興時期繪畫。當人們想要鑑別一幅畫時，他們常常去白倫森那裡請教。

魯希金以典型事例說明了維多利亞時代，白倫森則具體表現了十九世紀和二十世紀之交這一歷史時期。白倫森的生活年代中發生了兩次世界大戰，他以九十四歲的高齡卒於一九五九年。白倫森試圖將西方古典文化引至二十世紀。當西方文明受到極權政治和「現代藝術」的威脅時，白倫森爲其舊有的價值體系辯護。白倫森沒有魯希金那麼熾烈的道德熱情；他做一個藝術評論家比做一個道德預言家更得心應手。

然而，白倫森並沒有讓自己沉溺於繪畫的細枝末節中去，他相信視覺藝術應當是廣義文化的一部分，並認爲文化應當是生活的一部分。他寫道：「所有的藝術，包括詩歌、音樂、禮儀、視覺藝術和戲劇等，都必須單獨地並共同地爲了創造最包羅萬象的藝術而存在；這個最包羅萬象的藝術就是人的社會及其作品：自由之人。這個自由人是徹頭徹尾的自由人；這個自由人，用歌德的永不黯淡的光輝語言來說，將時刻準備著以人的尊嚴在純眞、善良和美麗中生存。」④

白倫森是最優秀的現代作家之一。我推薦白倫森的《視覺藝術之審美及其歷史》（*Aesthetics and History in the Visual Arts*）一書和他的《文藝復興時期的義大利畫家》（*Italian Painters of the Renaissance*）一書。後者的前身是單獨發表的四篇文章：〈威尼斯畫家〉（Venetian Painters）、〈弗羅倫斯畫家〉（Florentine Painters）、〈義大利中部畫家〉（Central Italian Painters）和〈義大利北部畫家〉（North Italian Painters）。

Kenneth Clark, 1940-

3 其他藝術史作家

白倫森的名字不那麼廣爲人知，他的作品也不容易找到；這個事實本身就是現代文化衰退的徵兆之一。另一個現代藝術評論家是肯尼斯・克拉克（Kenneth Clark）。比起白倫森這個名字，克拉克較廣爲人知，部分原因是因爲克拉克製作了一部電視紀錄片《文明》（*Civilization*）。克拉克寫得一手好文章。我推薦克拉克所有的作品：《林布蘭及義大利文藝復興》（*Rembrandt and the Italian Renaissance*）、《達文西》（*Leonardo*）等。克拉克在藝術史上或許應屬英國學派，魯希金是這個學派的開山鼻祖。克拉克對魯希金有濃厚的興趣，他編輯過數卷魯希金的書。

藝術史的德國學派開始於我們前面討論過的傑考伯・布克哈特（Jacob Burckhardt），後來，亨利・沃夫林（Henry Wolfflin, 1864-1945）和歐文・帕諾夫斯基（Erwin Panofsky, 1892-1968）繼承了他的衣缽。布克哈特住在瑞士，他常在夏季步行去義大利，在那裡學習繪畫和建築，然後秋季回到瑞士，到巴塞爾大學講授他所看到的藝術作品。布克哈特寫了《導遊》（*Cicerone*），以介紹義大利的重要藝術作品。布克哈特的弟子漢里奇・沃夫林比他更精確、更科學，帕諾夫斯基的作品則比沃夫林的更有學術味。我們或許可以把布克哈特比做一個每晚在一個城市過一夜的旅遊者，可以把沃夫林比做一個在一個城市花費整個夏天研究該城市所有藝術品的旅遊者，可以把帕諾夫斯基比做一個在一個城市花費整個夏天研究一位藝術家的旅遊者。也許，每一個知識領域都經過類似的發展步驟：從廣泛概述到專門研究。

沃夫林專門研究文藝復興時期和巴洛克時期的藝術，他分析兩個時期的不同，他試圖總結出一個有關藝術形式的重大理論。儘管他的作品有時稍嫌枯燥，但它們

廣 告 回 信
北區郵政管理局登記證 北 臺 字 8448 號
免 貼 郵 票

大拓文化事業有限公司　收

台北縣 2 3 1

新店市中央六街62號一樓

寄件人：

地　址：□□□

電　話：(　　　)　　　　　　傳 眞：(　　　)

E-mail：

立緒文化 閱讀卡

現在寄回閱讀卡，立即成為立緒文化（讀友俱樂部）會員，享有各項超值優惠

感謝您購買立緒文化的書籍，為了提供更好的服務，請您詳填以下立緒文化閱讀卡後寄回（免貼郵票），即可成為立緒文化會員，並享有各項超值優惠：

(1) 不定期收到寄贈之圖書目錄或書訊

(2) 國際書展購書特別折扣及精緻贈禮

(3) 平時享有購書超值折扣

(4) 免費參加立緒主辦之演講活動或新書發表會（須先報名）

您購買的書名：＿＿＿＿＿＿＿＿＿＿

購書書店：＿＿＿＿市（縣）＿＿＿＿＿＿書店

■您習慣以何種方式購書？

□逛書店 □劃撥郵購 □電話訂購 □傳真訂購 □銷售人員推薦
□團體訂購 □網路訂購 □讀書會 □演講活動 □其他＿＿＿＿

■您從何處得知本書消息？

□書店 □報章雜誌 □廣播節目 □電視節目 □銷售人員推薦
□師友介紹 □廣告信函 □書訊 □網路 □其他＿＿＿＿

■您的基本資料：

性別：□男 □女 婚姻：□已婚 □未婚 年齡：民國＿＿＿年次

職業：□學生 □軍警 □公 □教 □製造業 □金融業 □銷售業
□大眾傳播 □自由業 □服務業 □家管 □資訊業
□其他＿＿＿＿＿＿＿＿

教育程度：□高中以下 □專科 □大學 □研究所及以上

建議事項：

的確顯示出他對藝術的深入了解；耐心的讀者一定會覺得開卷有益。沃夫林這樣描寫米開朗基羅：「他的興趣在於形式的定義；對他來說，似乎只有人的身體值得表現。其他一切數不勝數的造物於他全然不存在。在他看來，人類不是這個世界的人性動物，有著成千上萬的個人。人類對他是一個分離於世界而成形的龐然大物。」⑤

帕諾夫斯基生於德國；只有德國能產生出這樣一位博學的學者。由於他的猶太人背景，帕諾夫斯基於一九三三年離開德國，來到美國。他不再用德文寫作，而改用英文寫作。帕諾夫斯基幾乎與克拉克同樣多產；他的寫作所涉及的內容極爲廣泛，其中包括奥布來克・杜勲（Albrecht Durer）、文藝復興和哥德式建築。帕諾夫斯基的專業領域是象徵學，即藝術象徵之意義研究。比如杜勲的《人之墮落》（*Fall of Man*）除了有亞當和夏娃的形象外，還有各種動物，如老鼠、兔子等。帕諾夫斯基試圖解釋的就是這些動物的象徵性含義。帕諾夫斯基的作品有枯燥之嫌，不易閱讀；他往往在一頁上放進兩、三個註釋，好像在試探讀者的耐心。但是，假如你有足夠的耐心讀下去，你就會發現帕諾夫斯基的作品充滿深刻思想，他的見解也頗有價值。

在離開這個題目之前，我不能不提一下詹姆斯．卡西爾（A. James Cahill, 1878-1970，中文名高居翰）的傑作《中國繪畫》（*Chinese Painting*）。卡西爾的書條理清晰、文字簡練；其中有很多深刻的思想，既適合專家學者研究之用，也適合一般讀者消遣閱讀。中國繪畫風格及其審美理論的演變和發展是一個非比尋常的故事，這個故事會使任何對文化感興趣的人留連忘返。

4 托克維爾

Alexis de Tocqueville, 1805-1859

托克維爾（Alexis de Tocqueville）的《美國的民主》（*Democracy in America*）不僅是對美國社會的研究，也是對廣義的民主的研究，更是對廣義的現代社會的研究。《美國的民主》是現代社會所能提供最傑出的著作之一：它哲理性強、思想深刻、易懂易讀。《美國的民主》在很多方面與奧特加的《群眾的反叛》（*The Revolt of the Masses*）相似，它足以和奧特加的著作相媲美。雖然托克維爾也像奧特加，對現代社會基本持批評態度，但是托克維爾的目的是理解，而不是批判，因此，他的批評裡攙雜著讚美。假如《美國的民主》這本書是用隨筆式文體寫成，或者被很巧妙地簡縮一下，它會是一本更好的書；書中的某些章節讀來略嫌乏味，還有的地方有重複之感。

托克維爾成熟得很快，又英年早逝。他寫《美國的民主》的時候只有二十多歲；他還沒完成他計畫中關於法國革命的多卷本著作就去世了。然而，他的確完成了一部傑作：《舊體制與法國革命》（*The Old Regime and the French Revolution*）。托克維爾在美國發現的許多特徵，如政治和社會的平等，他在法國社會中也有所發現。按照托克維爾的說法，平等是現代社會最基本的事實。他說，從前人們把自己看做一個階級、一個團體或者一個幫會的成員，它們不覺得自己是一個個人，甚至連「個人」這個詞都不知道。然而，現代社會實際上不存在階級，人們不覺得自己隸屬於任何人，除了他們自己；甚至連家庭也失去了重要性，只有個人意味著一切。

托克維爾說，現代社會的個人不關心過去與將來，或者宗教與文化。現代社會的個人主要關心錢財。儘管他在生活中疲於奔命，但他沒有任何高尚的目標，沒有雄心，也沒有深刻的思想。托克維爾對西方文明的未來很悲觀，他說：「我擔心人們的頭腦會永久地縮進一個越來越狹窄的區域，不產生新的思想；我擔心人們將勞頓於瑣碎、孤立和毫無結果的活動之中，人類將在不斷的騷動中止步不前。」⑥

Aleksander Solzhenitsyn, 1918-

5 索忍尼辛

一九七八年在哈佛大學，索忍尼辛（Aleksander Solzhenitsyn）於演講中對托克維爾所觀察到西方社會的某些特徵做了評價。索忍尼辛也像托克維爾一樣，認爲西方人一味追求物質所得。他說：「西方人不斷地欲求更多的物質、更好的生活，他們爲了這一目標掙扎不已，這使得許多西方人的臉上呈現出擔憂，甚至憂鬱……這種活躍的、緊張的競爭占據了所有人的頭腦。」索忍尼辛也像托克維爾那樣，指出西方社會實際上很少有思想自由，因爲媒體、學術界和公眾輿論拒絕接受並騷擾主流意見之外的任何觀點。

索忍尼辛還注意到西方社會在托克維爾時代還未出現的一些特徵。比如，他注意到西方社會的藝術衰退、精神衰退、廣告氾濫以及對個人權利的過分強調等現象，這些現象使整個社會被犯罪者玩弄於股掌。簡言之，假如托克維爾所描述的西方社會的圖景很淒涼黯淡的話，索忍尼辛所描述的就更加淒涼黯淡。他說：「具有破壞性和不負責任的自由被給予了無限的空間。社會已經變得在人類墮落的深淵面前手足無措，比如社會無法制止人們濫用對年輕人有害的道德侵犯自由權，以致色情、犯罪和恐怖行爲在影視圖像中無處不在。」如果我們把索忍尼辛在哈佛大學的演講看做一篇文章的話，那就是一篇最有力的文章，我們怎樣誇讚它都不爲過。這篇文章具有最不常見的文學美德，即簡潔。索忍尼辛的另一個演講也值得推薦，這篇演講題爲〈對新奇的無情崇拜〉（Relentless Cult of Novelty）。在這篇文章中，索忍尼辛批評了前衛藝術。⑦索忍尼辛最優秀的著作是他的非虛構作品，《古拉格群島》（*The Gulag Archipelago*）和《橡樹與小牛》（*The Oak and the Calf*）。我不推薦他的小說；他的小說尖酸刻薄、使人不快，與檸檬汁無異。

《古拉格群島》的寫作旨在講述俄國共產黨管轄集中營的故事，並使人們牢記囚犯們在那裡遭受的痛苦。書中盡是生動的故事和有趣的軼事。索忍尼辛實在被共產黨犯下的罪行震懾住，他一心想要把監獄的情況告訴世人，他提供給讀者極多的細節。結果，該書長達兩千頁。這就產生了一個問題：《古拉格群島》是文學傑作嗎？甚至，《古拉格群島》是文學嗎？有幸的是，愛德華・愛瑞克森（Edward Ericson）編了一本《古拉格群島》的節略本。我建議，讀者從這個節略本開始閱讀，再讀《橡樹與小牛》，該書講述索忍尼辛怎樣寫作《古拉格群島》和他怎樣面對政府的查禁，最後使該書得以出版的經過。我也推薦麥克・斯凱莫（Michael Scammell）的《索忍尼辛傳》（*The Autobiography of Solzhenitsyn*）。

索忍尼辛是一個富有使命感的人。他的使命是向世人告知一個人類歷史上最嚴重的罪行之一；這是一個謀殺了兩千到兩千五百萬蘇聯人的罪行，這些人被蘇聯政府或折磨致死、或強制勞作而死、或凍死、或餓死。

6 布魯姆

艾倫・布魯姆（Allan Bloom）的《美國思想的封閉性》（*The Closing of the American Mind*）出版於一九八七年。本書討論了索忍尼辛所觸及的幾個問題。不同的是，布魯姆做爲一個美國人，對西方社會比索忍尼辛有著更加切身的體驗。布魯姆在他的書中，探討了一些本書所提及的作家們從未探討過的話題。比如，他理解搖滾樂在西方社會的重要性，他說：「沒有任何一個特徵更專獨屬這一代的人，那就是他們對音樂的癡迷……今天，很大一部分年齡介於十歲到二十歲之間的年輕人是爲了音樂而活著的……搖滾樂獨有的吸引力是原始的吸引力，是對性慾的召喚——這裡指的不是愛情，不是性愛，而是未發展的、粗野幼稚的性慾。」⑧

布魯姆的主要目標是高等教育，所以他這本書的副標題是「高等教育如何陷民主於失敗境地，並使當今學子之靈魂貧瘠至極」（*How Higher Education Has Failed Democracy and Improverished the Souls of Today's Students*）。布魯姆指出，當今的學生對嚴肅文學毫無興趣，他們知道，人文學科的知識對他們的就業毫無用處。當今的教授是某一方面的專家，對做爲一個整體的文化不感興趣。當今的大專院校把文化分門別類，無法爲學生提供全面教育。在大專院校裡，沒有對不同意見的寬容，除非你與左翼思想權威們保持一致，除非你屈服於「政治正確」的壓力。布魯姆還注意到托克維爾和索忍尼辛都注意到的美國社會缺乏思想自由的現象。托克維爾說：「在美國，多數人把思想禁錮在一個令人畏懼的疆界之內。在那個疆界以內，作家是自由的，一旦你超越了那個疆界，你就成爲衆矢之的。倒不是說他面對著被綁在柱子上燒死的危險，而是說他必須面對所有的不快和日常的騷擾。」⑨

布魯姆的書趣味多多，卻不如索忍尼辛的深刻、簡潔。布魯姆有天賦，索忍尼辛則是天才。布魯姆的著作是我們時代的經典之一，但它不會是不朽的經典。

7 阿諾德

托克維爾、索忍尼辛和布魯姆對美國社會有特殊興趣，麥修・阿諾德（Matthew Arnold, 1822-1888）則對英國社會有特殊興趣。布魯姆討論的是十九世紀末的美國社會，阿諾德在他的《文化與無政府狀態》（*Culture and Anarchy*）及〈民主政治〉（Democracy）和〈平等〉（Equality）等文章中討論的則是十八世紀末的英國社會。阿諾德使他的同時代人重視文化的重要性；他認爲如果人民沒有文化、沒有理想、沒有思想，則言論自由權和選舉權等於零。按照阿諾德的說法，自由是「人們只崇拜其本身……卻不對欲求自由之目的給予足夠的考慮。」⑩阿諾德說，在現代社會，自由並不導致任何崇高的目標；它只導致無政府狀態。同樣，阿諾德還說，對健康，人們也是爲了健康而健康，並沒有把身體健康做爲達到某個崇高目的的一個條件。阿諾德認爲，健康和健美都不應該成爲目的本身，正如財富不應該是目的本身一樣。

與布魯姆的《美國思想的封閉性》一書相比，阿諾德的文章在文化修養和行文風格方面略勝一籌，但是二者在思想內容方面都不及托克維爾的《美國的民主》或索忍尼辛的哈佛演講。阿諾德的文章是爲了他那個時代寫的，而不是爲了所有時代寫的，因此它們是一種新聞式寫作，而不是眞正的文學。

Max Weber, 1864-1920

8 馬克斯・韋伯

馬克斯・韋伯（Max Weber）這個名字已經成爲社會學的同義語。韋伯最著名的著作是《新教倫理與資本主義精神》（*The Protestant Ethic and the Spirit of Capitalism*）。這本書像韋伯的其他作品一樣，反對馬克思一個國家的意識形態取決於經濟水平的觀點。韋伯認爲，正好相反，一個國家的經濟水平取決於意識形態。在《新教倫理》一書中，韋伯論證說，新教的信仰促進了資本主義的誕生。

韋伯討論了禁慾的新教對盎格魯血統的美國人的深刻影響。他說，禁慾的新教破壞了這些人的自發性，甚至連他們臉上的表情也受到了影響。韋伯將創造出歷史上最崇尚物質的文明這一罪責歸咎於禁慾的新教。中世紀人美化貧困和乞討；僧侶階層甚至仰仗乞討以爲生計。與此相反，禁慾的新教美化工作和物質財富。

韋伯的《新教倫理》是一本很有意思也很易讀的書，但是韋伯的其他書比較乏味。不過，韋伯有一本甚至比《新教倫理》還有趣的書，這就是關於孔夫子和道教的書《中國的宗教：儒教與道教》（*The Religion of China*）。這本書探討了中國文明和中國人的精神；這本書把中國文明和西方文明兩相比較，對人們認識西方文明有所幫助。這本書還討論了韋伯的主要思想，即宗教與倫理決定經濟狀況。

韋伯注意到，中國人身上有一種鎭定、一種平靜、一種「明顯的非神經質」、一種「無限的耐心」⑪。他把中國人的這些特徵歸因於宗教和中國社會不存在西方禁慾的宗教實踐；他也把中國人的這些特徵歸因於中國人相對來說比較低的酒精消耗量。韋伯說，在中國不存在「自然與神靈」之間的緊張狀態，不存在「原罪意識和贖救需求」之間的緊張狀態；而這種緊張狀態正是西方文明的核心。中國人默默地讓自己與世界同一，西方人卻抵制世界、嚮往上帝的完美境界，並試圖改變自身的本性。

關於韋伯本人的有趣描述可以在《馬克斯・韋伯之作：社會學文章集》（*From Max Weber: Essays in Sociology*）一書的前言中找到。這本書的編輯者是格士（Gerth）和密爾斯（Mills）。

Thorstein Veblen, 1857-1929

9 魏伯倫

魏伯倫（Thorstein Veblen，又譯威卜蘭）是一位美國經濟學教授，他的寫作期是十九世紀初。魏伯倫的經濟學研究不囿於狹窄的經濟學本身，而包括社會學和文化人類學。魏伯倫以《有閒階級論》（*The Theory of the Leisure Class*）一書而著名；這本書提出了魏伯倫的著名理論「炫耀性消費」。魏伯倫是美國所產生的兩、三位最深刻的思想家之一。他從新鮮角度觀察人類事物；他使社會生活的各個層面明晰可見。

輝星格以遊戲來解釋人間事物，魏伯倫則以地位來解釋人間事物。在《有閒階級論》的一開頭，魏伯倫就論證說，人欲求地位、欲求他人的尊敬；只有個別例外的人滿足於他人的輕蔑。地位是怎樣獲得的呢？魏伯倫說，在人類早期歷史上，地位靠戰利品之多寡決定，靠戰爭或狩獵成功的象徵而決定。手工勞作能使人失去地位，所以，有些狩獵者讓妻子把自己的獵物背回家去，以免自己由於工作而丟失了他們透過殺戮所獲得的地位。到了後來，地位就由貴族頭銜、盾形紋章等物來象徵了。還有一種顯示地位的象徵，就是一個人有多少妻子、多少奴隸和僕人。

當魏伯倫把視線轉向當代社會時，他發現，養不起僕人的人必須透過他們的妻子來顯示財富和獲得地位。妻子靠安逸居家象徵其男人的財富。「安逸」這個東西如果被隱藏起來，或不引起人們注意的話，它就不能顯示地位了，因此，安逸必須是顯著的、招搖的。女人的安逸可以由長指甲、高跟鞋、乾淨衣服以及任何與手工勞作無關的東西來顯示。男人可以透過穿乾淨的白色襯衫、烏亮的皮鞋等來表明他們並非勞作之人，來獲得他們應有的地位。魏伯倫還說，中國的裹腳習俗是一種女人顯示安逸和獲得地位的手段。

然而，安逸不是獲得地位的唯一辦法；消費也可以獲得地位。不過，消費必須像安逸一樣，也是顯著的、招搖的。比如，一輛價格昂貴的汽車是炫耀性消費的一種形式，因為這種消費對從未見過你的房子和你妻子手上寶石戒指的人來說，都是顯而易見的。魏伯倫說，人們為了財富而奮鬥；人們這樣做不僅僅是為了生活，也是為了透過炫耀性消費而獲得地位。

魏伯倫還把他的地位理論運用於宗教。他論證說，上帝是地位的精髓。他把牧師比做靠主人顯示地位的男僕，他把教堂比做靠房主顯示地位的宮殿。他注意到，人們以最整潔、最昂貴的衣飾走進教堂，人們在安息日停止工作。

關於地位的理論是魏伯倫的主要理論，卻不是他唯一的理論。魏伯倫的作品中有趣的思想比比皆是。我推薦《德意志帝國與工業革命》（*Imperial Germany and the Industrial Revolution*）一書、〈基督教道德與競爭制度〉（Christian Morals and the Competitive System）、〈推銷術與教堂〉（Salesmanship and the Churches）、〈高級學習〉（The Higher Learning）和〈愛國注意與價格制度〉（Patriotism and the Price System）等文。

10 莫里斯和勞倫茲

Desmond Morris, 1928-

Konrad Lorenz, 1903-1989

戴斯蒙德・莫里斯（Desmond Morris）是英國人，他的專長是動物研究。在過去的幾十年裡，莫里斯寫了許多書，有的是關於動物行爲，有的則是關於人類行爲。莫里斯跟魏伯倫一樣，從新穎而有趣的角度觀察人類事物。魏伯倫以地位說解釋人類事物，莫里斯則以動物行爲說解釋人類事物。莫里斯也和魏伯倫一樣，可以幫助人們加深對人類的理解，加深對人類日常生活的理解。

莫里斯所研究的不是人的思想，不是人的歷史，不是人的本性，而是人的行爲。

他觀察的是人怎樣行動——他們怎樣走路、怎樣保持某種姿勢、怎樣互相問候等。他注意到，在一些尚未開化的社會中，人們在國王或主人面前俯臥。後來，下跪代替了俯臥。再後來，屈膝禮和鞠躬代替了下跪。屈膝禮是一種中止了的下跪；它表示願意下跪的願望。鞠躬是一種減低自己高度的辦法，一個人以此表示對另一個人的尊敬。脫帽也是一種減低自己高度的辦法。行舉手禮是「一種程式化了的脫帽禮之改進」，就像屈膝禮是程式化了的下跪禮之改進一樣。擁抱曾經是一種常見的問候禮儀，並且在拉丁語系國家仍可見。俄羅斯人跟古希臘和古羅馬人一樣，以親吻問候他人。莫里斯說，英國人對身體接觸有所限制，他們寧願握手，而不擁抱。（正如韋伯所說，禁慾的新教對盎格魯—美國人有深刻的影響。）人們站直了身子，互相握手，是平等的標誌，與標誌著不平等的俯臥姿態恰恰相反（正如托克維爾所說，平等是現代社會的明顯標誌）。

莫里斯說，當我們覺得不舒服時，我們常常「擺弄身上的飾物，比如點一根香菸、擦擦眼鏡鏡片、看看手錶、倒一杯飲料，或者嘴裡嚼一點什麼東西。」[12]莫里斯稱這些爲「轉移活動」；他注意到，動物世界中也有類似的活動。莫里斯觀察一群黑猩猩的時候注意到，地位低的猩猩「可以輕易地從它們頻繁的理毛轉移活動中看出，而那些眞正領頭的猩猩則可以從牠們幾乎完全不理毛的靜止狀態中看出。」⑬

莫里斯不是文學家，他對敘述文體毫無興趣。對後代人來說，莫里斯不會像對我們那樣有趣，因爲對後代人來說，人類行爲將不再是一個尚未開發的新領域。假如莫里斯的著作算是經典，那麼它們是終有一絕的經典，而不是不朽的經典。莫里斯最著名的著作是《裸猿》（*The Naked Ape*）這本書對人類行爲研究是一個很好的介紹。我還要推薦他的《人類動物園》（*The Human Zoo*）、《親暱行爲》（*Intimate Behavior*）和《動物時光》（*Animal Days*）。

莫里斯爲了外行人寫作，而另一位動物行爲研究者康拉德・勞倫茲（Konrad Lorenz）則爲了專家和學者寫作。莫里斯把他動物研究的知識運用於人類研究，勞倫茲則一般來說停留在動物行爲研究的領域之內。然而，勞倫茲有些對動物行爲的評論顯然在人類行爲範疇內具有類推作用。勞倫茲說，比如，「一隻陷入戀情的小母鵝絕不把自己的陪伴強加給自己鍾情的對象。當他離開她時，她絕不緊緊尾隨；她只是似乎完全無意地在她知道她能找到他的地方出現。」⑭勞倫茲注意到，動物能讀懂人的想法；動物具有心靈感應能力：「有些很不起眼的動作，人沒有注意到，動物卻能夠接受並正確地反應；這眞是不可思議。」⑮

勞倫茲的最佳作品是《所羅門王的指環》（*King Solomon's Ring*）。我全力推薦此書，它是一部簡潔可讀、令人愛不釋手的動物研究作品。我還推薦《攻擊行爲研究》（*On Aggression*），這本書論證了進攻行爲通常在動物世界起積極作用。按照勞倫茲的理論，進攻行爲不像弗洛依德所認爲的那樣，僅僅是死之本能的表現。

Alvin Toffler, 19-

11 托佛勒

艾爾文・托佛勒（Alvin Toffler）是當代研究社會學、經濟學和「未來學」（即預言未來發展）的美國學者。我推薦托佛勒的《第三波》（*The Third Wave*）。這本書爲當代社會描繪了一幅包羅萬象的圖景。托佛勒將第三波與他所稱的第二波，即工業文明。區別開來。在托佛勒看來，法國革命和俄國革命代表第二波的勝利；這個勝利就是工業文明對農業文明這個第一波的勝利。托佛勒的著作使讀者可以從經濟的角度看待現代歷史，並給讀者提供了一個可讀性極強的工業革命的描述。

我們的時代常常被稱爲後工業時代，或者消費時代，或者資訊時代。按照托佛勒的說法，「對第三波來說，最基本的原生材料——並是一種永遠不會消耗殆盡的材料——是資訊，包括想像。」⑯位於資訊時代中心的是電腦；托佛勒準確地預言了個人電腦的蓬勃發展。電腦導致許多人居家工作；托佛勒預言道：「家庭在第三波中將擔負起新的令人震驚的重要性。」⑰

第二波文明以群體爲特徵——群體生產、群體媒介等——第三波文明則以個性爲特徵。托佛勒注意到，喬治・歐威爾（George Orwell）預言過，將來的社會將越來越以群體爲特徵。在說到歐威爾的《一九八四》（*1984*）和赫胥黎（Huxley）的《美麗新世界》（*Brave New World*）時，托佛勒說：「這兩部傑作……都基於高度集中、高度官僚化和高度標準化的社會，描繪了一個未來；在這個社會中個體的差異踪影全無。我們現在前進的方向恰恰與此相反……今天的人——比他們的父母更富有、比他們的父母受過更良好的教育，並面臨著更多的生存選擇——堅決抵制被群體化。」⑱

12 黎斯曼

David Riesman, 1909-

大衛・黎斯曼（David Riesman）是美國社會學家。黎斯曼的聲譽緣起於他的題爲《寂寞的群衆：美國人性格變化研究》（*The Lonely Crowd: A Study of the Changing American Character*）一書；該書出版於一九五〇年。黎斯曼比魏伯倫切時，比托佛勒深刻。

托佛勒把歷史看做經濟的三種形態，黎斯曼則把歷史看做性格的三種形態：傳統型、內向型和外向型。傳統型性格的人按照家庭和村鎮的傳統行事。「具有傳統型性格的人……幾乎不把自己當做單獨的個人看待。他更少想到，他可以在個人的生活目的方面掌握自己的命運。」⑲內向型性格起源於文藝復興時期；這種性格的人有一種「內在化了的目的」，這些目的往往有賴讀書經驗而產生。⑳內向型性格的人常喜歡記日記，他們在日記中記錄並檢查自己的行爲是否與自己的理想相符。

外向型性格起源於二十世紀，由於同仁的參與而形成，並「對他人的期望和意願極爲敏感。」㉑一個具有外向型性格的人主要關心的對象是人，不是上帝，不是崇高的理想，不是做古的偉人。教育曾經包括讀、寫、算，現在則注重怎樣使孩子跟他人友好相處，怎樣使孩子在團體生活中懂得他人的暗示。正如教育已然改變，工作也在改變。社會經濟現在是一個「性格市場」㉒。正當內向型性格的人關心自身的改善和性格培養時，外向型性格的人則忙於與他人交往。

《寂寞的群衆》幫助我們理解現代人的個性特徵，正如《第三波》幫助我們理解現代經濟的特徵一樣。

Philip K. Howard, 19-

13 豪爾德

《常識的滅亡：法律如何窒息美國》（*The Death of Common Sense: How Law Is Suffocating America*）一書短而可讀，對美國法律制度進行了分析。作者菲力普・豪爾德（Philip Howard）是紐約一個處理民事訴訟案例中相當活躍的律師。豪爾德試圖改善紐約的狀況，應該給他記上一功。《常識的滅亡》一書的寫作緣起於豪爾德多年的工作經驗；該書引用很多從當代生活中精選出來的眞實案例。許多人覺得，美國法律制度走上了歧途；豪爾德的書剛出版，就在暢銷書單上獨占鰲頭，因爲它闡述了這個問題，並解釋了產生問題的原因。

豪爾德在書中描述個人權利和政府規則怎樣氾濫成災。這兩種邪弊都是尼采所稱的厭權症——仇恨權威的結果。政府的權力由於個人權利的氾濫而銳減，政府官員的自由被限制爲按繁文縟節照章辦事。雖然豪爾德行文不夠優美，思想也不夠深刻，但他的書在幫助人們理解當代社會方面具有一定的價值。

14 佛雷澤、維斯頓和雷納克

詹姆斯・佛雷澤（James Frazer, 1819-1914）的成名作是《金枝》（*The Golden Bough*）；他在書中討論人類學問題，具體地說是原始社會的習俗、迷信和宗教。文化人類學在十九世紀末是一個令人興奮的新領域。尼采對文化人類學情有獨鍾，他說，所謂「世界歷史」僅僅是文化事件而已；人類的眞正歷史是所謂「世界歷史」之前的原始人的悠長歷史。在《金枝》中，佛雷澤蒐集並組織了十九世紀末人類學的研究資料。這本書冗長而枯燥，適於學者研究之用，不適合一般讀者和外行人閱讀。

按照佛雷澤的理論，對原始人來說，並不存在內心世界和外部世界的區別。原始人認爲，自然是由控制自己頭腦的同樣思想、感覺和激情所控制的；原始人的世界觀是萬物有靈論。既然原始人以自己的情感爲工具來看待世界，他也以世界的形象爲工具來看待自己；他們用物質形象的語言來解釋思想和感情。原始人以爲，痛苦和罪惡都可以變爲無生命的物體，可以轉嫁給他人，可以找到替罪羔羊。在原始社會中，疲乏的行路人會用石頭敲擊自己，覺得自己在把疲乏的感覺轉嫁給石頭從而消除疲乏。所以，他們在行走的沿途留下了石堆。這些石堆被後人稱爲「堆石界標」。㉓

我們說過《金枝》冗長而枯燥，但傑西・維斯頓（Jessie Weston）的《從儀式到羅曼史》（*From Ritual to Romance*）卻是簡明而有趣的。《從儀式到羅曼史》討論的是聖杯現象；起初做爲古代的儀式，後來則做爲基督教的象徵。維斯頓認爲，許多原始宗教都肯定生命價值。他說：「在古代亞利安宗教中，一切都旨在肯定生命。可以認爲男性生殖器形象是它的主要象徵。」㉔一般認爲，維斯頓的書是艾略特（*T.S. Eliot*）的詩《荒原》（*The Waste Land*）的來源之一。

所羅門・雷納克（Salomon Reinach, 1858-1932）在寫了一些有關原始宗教的著作以後，又寫了《奧菲士：一段宗教的歷史》（*Orpheus: A History of Religions*）。這本書適合專家學者閱讀，也適合一般讀者。這本書的前言是一個對十九世紀文化人類學的極好介紹。後來，雷納克轉向原始社會以後的、開始於埃及和巴比倫時代、結束於二十世紀早期的宗教歷史。雷納克是一個自由思想者，他常常以輕蔑的態度對待宗教；他尤其對天主教會持批評態度。雷納克以人類學和《聖經》批判爲武器向宗教發動進攻。除了《奧菲士》一書外，雷納克還寫了一本凝練可讀的藝術史著作，題爲《阿波羅》（*Apollo*）；他還有一本介紹希臘和羅馬經典著作的書，題爲《智慧女神》（*Minerva*）。

Daisetz Teitaro Suzuki, 1870-1966

15 禪文學：鈴木大拙

鈴木大拙（Daisetz Teitaro Suzuki），日本作家，著有許多論述禪宗佛教的書。他在傳播禪宗於西方世界中起了重要作用。正如齊克果試圖解釋基督教那樣，鈴木也試圖解釋禪宗。鈴木的東方文學知識，尤其是禪宗文學知識根底紮實深厚，對西方文學也很熟悉。他經常把禪宗和基督教的相似之處加以比較。鈴木在美國生活多年，並用英語寫作。（鈴木和輝星格等作家用英文寫作這一事實表明，英語可能成爲文學的國際語言，正如從前拉丁文是文學的國際語言那樣。）鈴木著作等身，但其質量卻良莠不齊。他常常在某本書裡重複他在另一本書裡講過的事情。我推薦他的《禪學入門》（*Introduction to Zen Buddhism*）和《禪與日本文化》（*Zen and Japanese Culture*）。

佛教起源於印度，禪宗起源於中國。禪宗在從中國傳入日本以後，變得比在中國時影響更大。（因此，西方人從一位日本作家那裡了解到禪宗，而不是從一位中國作家那裡了解到禪宗，並不令人吃驚。）按照鈴木的說法，禪宗表達的是東方哲學中實用、現實的特點，而其他形式的佛教表達的則是印度哲學中抽象、形而上的特點。

禪宗強調的不是書本和研習。禪宗把個人引向其本身、引向其精神世界。假如這個個人與自身和潛意識達到和諧一致，他就能夠欣賞此時此刻，並能夠欣賞自然。當一個禪宗大師被問及禪宗的意思時，他答道：

飲茶、吃飯，
時光來時我度過；

低頭看溪水，抬頭看高山，

我的感覺多麼平靜、適坦！㉕

鈴木的目的是幫助讀者理解禪，而不是要他們坐禪。如果你想在坐禪上尋求指導，那你應該去看一本題爲《災難生存》的書（*Full Catastrophe Living*）。該書作者爲喬恩・科拜特—辛（Jon Kabat-Zinn）。這本書不是文學作品，更不是經典著作，但它介紹了怎樣練習靜思、瑜珈，是一本很實用的書。

鈴木在西方的兩個大弟子是艾倫・瓦茲（Alan Watts）和布萊思（R. H. Blyth）。瓦茲是專門研究東方思想尤其是禪宗的美國神學教授，也是一位極有天賦的作家，我全力推薦他的著作《通向禪學之路》（*The Way of Zen*）。《通向禪學之路》一書結構嚴謹、思想深刻，又富有詩意。《通向禪學之路》是對禪宗的最好總結，是對東方思想的最好總結。

布萊思是英國人。他在日本旅行、娶了一個日本女人爲妻、在日本大學教過書，並爲日本皇室成員教授過英語。布萊思對英國詩歌和英國小說的豐富知識在著作《英國文學中的禪》（*Zen in English Literature*）一書中顯而易見；書中對東、西方文學的引證信手拈來，比比皆是。布萊思懂中文，也懂日文（他還會很多種歐洲語言），這有助於他撰寫一部四卷本的關於俳句詩歌的書和一部四卷本的關於禪宗歷史的書。讀者可以從布萊思那裡學到很多有關禪宗和有關世界文學的知識。

另一本關於禪宗的傑作是《禪的故事》（*Zen Flesh, Zen Bones: A Collection of Zen and Pre-Zen Writings*）。此書共四部小書，裝訂在一起共計二百頁。構成此書的四本書名如下：

1.《禪宗故事一〇一》（*101 Zen Stories*）。

2.《無門之門》（*The Gateless Gate*）。

3.《十頭公牛》（*10 Bulls*）。

4.《居中》（*Centering*）。

這四本小書都極富詩意，並含義深刻；但《無門之門》除外，因爲它太模稜兩可。《禪宗故事一〇一》是世界文學的瑰寶；只要人們肩膀上還扛著個腦袋，人類就不會停止閱讀《禪宗故事一〇一》。

在離開禪宗文學這個題目之前，我必須提及尤金・海里格爾（Eugen Herrigel）的《射藝中的禪》（*Zen in the Art of Archery*）。海里格爾是一位在二十世紀三〇年代居住在日本的德國教授。《射藝中的禪》這本僅有八十頁的書，描述了作者透過學習箭術而習禪的經歷。箭術和日本許多其他藝術形式一樣，被禪宗所浸透；一位箭術大師實際上也是一位禪宗大師。海里格爾描述了他如何試圖讓意識指使自己放箭，而他的老師卻堅持認爲，放箭應該和嬰兒抓人手指一樣、和雪花落在竹葉上一樣，是一個無意識的舉動。《射藝中的禪》是一本激動人心、感人至深的、令人難以忘懷的書。

16 松尾芭蕉

松尾芭蕉（Basho Matsuo, 1644-1694）是日本的莎士比亞：芭蕉之於日本俳句詩，好比莎士比亞之於英國戲劇。然而，芭蕉與莎士比亞不同，他既寫詩，也寫文章。他寫過幾部遊記，其中最著名的是《通往最北部的狹路》（*The Narrow Road to the Deep North*）。這本書文學性很強，充滿對中國和日本文學的引述。書中有叙述有詩歌，所叙之事進展迅速，插叙頂多一兩個段落而已。芭蕉的寫作不訴諸現代作家熱中的雕蟲小技；有些讀者或許會因而失望，因爲芭蕉的書中找不到粗野的趣聞，沒有性，也沒有暴力。

Joseph Campbell, 1904-1987

17 坎伯

喬瑟夫・坎伯（Joseph Campbell）是一位美國教授，他的著作集神話、心理學和東方智慧於一身。坎伯的世界觀有既大衆化又深刻的特點。他的書被讀者廣泛接受，他在電視台的出現受到觀衆的熱情歡迎。坎伯對美國的電影製作者很有影響，特別是對喬治・盧卡斯（George Lucas）——高科技手法神話電影《星際大戰》的始作俑者。

坎伯認爲，原始社會的禮儀和習俗遵循一個與英雄神話相同的模式：「英雄神話般奇遇的標準路線是美化慶賀人之成長的禮儀公式，這個公式就是：分離─創始─返回。」㉖坎伯在他的著作《千面英雄》（*The Hero with a Thousand Faces*，中文版由立緒文化出版）中描述了所有英雄神話的共有特徵；我推薦這本書和另一本題爲《賴以生活的神話》（*Myths to Live By*）。坎伯的代表作是一部四卷本的巨著，題爲《上帝的面具》（*The Masks of God*）。

坎伯的作品不屬於偉大文學作品之列。儘管坎伯是一個傑出的演講者，但他的風格使人有所遺憾。雖然坎伯不是一個偉大作家，但他是一位優秀的讀者，具有廣博的文化知識。坎伯最喜愛的作家之一是詹姆斯•喬哀思；坎伯本人就是喬哀思作品《芬尼根守靈記》的權威性專家。榮格是另一位坎伯喜愛的作家，他對西方理性主義的批評常令人想起榮格。

Arthur O. Lovejoy, 1873-1962

Thomas Kuhn, 1922-1996

18 拉夫喬依和孔恩

美國哲學教授亞瑟・拉夫喬依（Arthur O. Lovejoy）以知識分子思想史之理論著稱。拉夫喬依最廣爲人知的作品是《生命之鏈》（*The Great Chain of Being*）和《思想史文集》（*Essays in the History of Ideas*）。只要是對哲學感興趣的人，都應該閱讀此書。拉夫喬依相信，哲學思想對其他領域，如文學，很有影響。他認爲，哲學因此而成爲以跨學科方式研究思想史的一個起點。拉夫喬依的歷史研究手法對人文學許多領域的研究都有所幫助。他的風格略顯粗糙，但他的內容卻極有意思。拉夫喬依生於十九世紀六〇年代，他的頭腦是二十世紀初的頭腦；他集中精力研究俄國、達爾文等等。拉夫喬依對啓蒙運動和浪漫主義有深刻理解，卻對尼采和弗洛依德這樣的現代思想家了解甚少。

托馬斯・孔恩（Thomas Kuhn）受拉夫喬依的影響，把他的歷史研究方法運用到科學思想研究上去。孔恩的主要著作是《科學革命之結構》（*The Structure of Scientific Revolutions*）。這本書在學術界很受歡迎，也很受重視。它是一部學術著作；雖然缺乏詩意，但很簡潔、可讀、有趣。《科學革命之結構》出版於一九六二年，它已經成爲科學歷史研究的經典著作，並且將繼續受讀者歡迎。所有對思想感興趣的人，都會喜歡孔恩的書。

孔恩把科學史分爲三個時期：常態時期、危機時期和向新模式過渡的時期。常態時期是某個領域的專家們按一個普遍理論，或說是一個模式循規蹈矩的時期。在這個時期，科學的任務是完善一個模式並解決存在於其中的問題。危機時期是一個問題重重的時期；這個時期的問題極難解決，領域內的專家們對現有的模式不甚滿意。當有人提出一個新模式時，專家們把新模式和舊模式加以比較。如果他們喜歡新模式，那麼這個新模式就會逐漸取代舊模式，並成爲下一個常態時期的基礎。

以天文學爲例：一段時期內，天文學家們接受了托勒密（Ptolemy）的「地心說」模式。在這個「常態科學」時期，天文學家們試圖完善托勒密的模式，並將它延伸到所有天文現象的研究中去。然而，要把這個模式強加給所有的現象，終於變得難之又難，所以就有哥白尼建議用「太陽中心論」模式代替「地心說」模式。新模式逐漸取代了舊模式之後，天文學又回到了「常態科學」時期。

在某個模式當中，受到訓練的人往往會在向新模式過渡時期表現出猶豫不決的心理。孔恩引用馬克斯·普蘭克（Max Planck）的話說：「一條新的科學眞理最終取勝，靠的不是說服其反對派並使反對派認識眞理；它靠的是反對派的最後消亡，靠的是熟悉它的一代新人的成長。」㉗

Richard P. Feynman, 1918-

19 費曼

《別鬧了，費曼先生》（*Surely You're Joking, Mr. Feynman!*）是一本關於美國物理學家理查・費曼（Richard P. Feynman）生平的書。這本書讀來極爲有趣，它爲讀者所喜聞樂見。費曼生性愛追根究柢，並精力過人。他一生有很多瘋狂的冒險經歷。費曼不只是諾貝爾獎得主，也是一位天才的藝術家和音樂家。一個和費曼一起玩鼓的名叫拉爾夫・雷頓（Ralph Leighton），被費曼所講的故事迷住了，他覺得這些故事應該蒐集成書。《別鬧了，費曼先生》就是雷頓結集自費曼所講的故事。

這是一個簡單而自然地創造一本好書的例子；這是以文學最古老的形式所出現的文學——口頭文學、講故事。費曼講這些故事，因爲他喜愛它們；雷頓聽這些故事，後來又把它們蒐集起來，也是因爲他喜愛它們。費曼並沒有坐在書桌前，說：「我要寫一本書，因爲我是一個作家，」或者說：「我要寫一本書，因爲我需要錢，」或者說：「我要寫一本書，因爲如果我不寫，我就不能當教授。」費曼的這些故事，有的很幽默，有的令人思潮起伏，有的使讀者可以洞見現代科學的奇妙天地。

不幸的是，這本書有優點，也有缺點。和許多現時出版的書一樣，這本書缺乏文化、文學品味；它缺乏那種鮮見的文學品質：精練。很令人懷疑是不是出版商說：「來，讓我們把這本書變成一本長書，要三五〇頁，這樣人家才願意買，也願意付更多的錢來買。這樣，我們才能取得最大的利潤。」《別鬧了，費曼先生》是爲現代市場所寫的，是爲現代的休閒讀者所寫的。它是一本很好的現代書籍，但它不能成爲經典著作。

關於西方經典著作的介紹到此結束。這是本人爲了滿足淘金者的需求而做的一次繪圖嘗試，希望此舉能幫助淘金者發現藏金之地。

註釋：

①《芝麻與百合》（*Sesame and Lilies*），第一篇演講。

②《直到最後一個》（*Unto This Last*, "Ad Valorem"）。

③我推薦大衛・百力（David Barrie）的節略本《現代畫家》（Knopf, New York, 1987）和簡・莫里斯（Jan Morris）的《威尼斯之石》的節略本（Little, Brown & Company, 1981）。

④《視覺藝術之審美及其歷史》（*Aesthetics and History in the Visual Arts*），結論部分。

⑤《古典藝術：義大利文藝復興簡介》（*Classic Art: An Introduction to the Italian Renaissance*），第三章。

⑥《美國的民主》（Democracy in America）。

⑦這篇演講詞發表於《紐約時報書評》，一九九三年二月七日。

⑧第一章，第三節。

⑨《美國的民主》。

⑩《文化與無政府狀態》（*Culture and Anarchy*），第二章。

⑪《中國的宗教：儒教和道教》第八章（*The Religion of China: Confucianism and Taoism*）提及，該書的後半部比前半部更加有趣；第一部分，即〈社會學基礎〉，無太大意義及趣味。

⑫《裸猿》（*The Naked Ape*），第五章。

⑬同上。

⑭《攻擊行爲研究》（*On Aggression*），第十一章。

⑮《所羅門王的指環》（*King Solomon's Ring*）。

⑯《第三波》（*The Third Wave*），第二十四章。

⑰同上。

⑱同上，第二十四章和第十九章。

⑲《寂寞的群衆》（*The Lonely Crowd*），第一部分，第一章。

⑳同上。

㉑同上。

㉒《寂寞的群衆》，序言。

㉓《金枝》（*The Golden Bough*）。

㉔《從儀式到羅曼史》（*From Ritual to Romance*）。

㉕引自鈴木大拙的文章〈關於開悟：佛教禪宗中又一眞理的啓示〉（On Satori: The Revelation Of A New Truth in Zen Buddhism）：本文爲鈴木大拙《佛教禪宗文集》第一集（*Essays in Zen Buddhism*）中的一篇。

㉖《千面英雄》（*The Hero with a Thousand Faces*），第三章。

㉗《科學革命之結構》（*The Structure of Scientific Revolutions*），第十二章。

內容簡介

寒哲（L. James Hammond）

《西方思想抒寫》、《西方人文速描》二書是本書作者寒哲個人的讀書心得，是一個相當個人性的隨興之筆。而唯其如此，當他企圖為整個西方人文傳統鋪陳出一個簡略的輪廓時，就不像一般概論那樣生冷，而是透過一個愛智者的沉思，展現出來的一篇篇哲思小品。也許過於簡化，和喃喃自語，也不符合一般學術規格，但是卻可以激發出讀者對於知識與智慧的喜愛與探求。這正是我們所需要的導覽。

我們在一次偶然的機會識得寒哲的文字，驚豔於他流暢的文思，自由自在的讀書方式，勇於突破學院的知識框架，回歸生活與生命。

本二書上自古希臘，中至文藝復興下至西方當代，一脈相傳的人文傳統，縱橫高論，隨興發抒，不拘一格，娓娓道來，讀來能令人充分感受到閱讀的樂趣。

我們於一九九〇年出版了他的第一本書《與思想家對話》，即目前第二版中所改名的《西方思想抒寫》，之所以更改書名，乃是為了與他在這裡所出版的第二本書《西方人文速描》相呼應。

寒哲是誰呢?他不是校園名師，是個隱士型的讀書人，對現代的種種帶著懷疑和批判，懷古幽思。他一半的時間做哲學家，一半的時間不免還要做個電腦顧問。他於一九八三年自哈佛大學政治系畢業後，即過著半隱居的生活，喜歡在鄉間小路散步、沉思、讀書，自得其樂。不願被囿於校園象牙塔內，因此也不積極追求一般的學位。

近年來他沉迷於中國與日本禪學，連筆名中的「寒」字，亦是從「寒山」來的靈感。禪的發現是他在西方古典傳統體認上的另一轉折，認爲禪與西方哲學的接軌乃是西方思想的自然發展，它將是西方思想演進的下一章。

他的夫人胡亞非是從中國大陸赴美的留學生，獲美國史密斯女子學院教育學碩士，也是上述兩書的翻譯者。目前一家三口寓居美國麻州。

譯者

胡亞非

一九八二年畢業於北京空學院英語系，一九八五年畢業於中國社會科學院研究生院，主修美國當代文學，獲美國文學碩士學位。一九八七年赴美國史密斯女子學院修教育學，一九八九年獲教育學碩士學位。寫過諸多文學評論文章及短篇小說，在大陸文學雜誌和網路雜誌上發表過多篇作品。現在美國羅德島州從事中文教學。

校對

沙淑芬

中興大學公共行政系畢業，資深編輯

馬興國

中興大學社會學系畢業，資深編輯

生活哲思—新文明生活主張

孤獨
最眞實、最終極的存在
Philip Koch ◎著
梁永安◎ 譯
中國時報開卷版書評推薦

ISBN:978-957-8453-18-0
定價：350元

孤獨世紀末
孤獨的世紀、
孤獨的文化與情緒治療
Joanne Wieland-Burston◎著
宋偉航◎ 譯
中時開卷版、聯合報讀書人
書評推薦

ISBN:957-8453-56-6
定價：250元

隱士
一本靈修的讀本
Peter France◎著
梁永安◎ 譯
聯合報讀書人、中時開卷
每周新書金榜

ISBN:978-957-0411-17-1
定價：320元

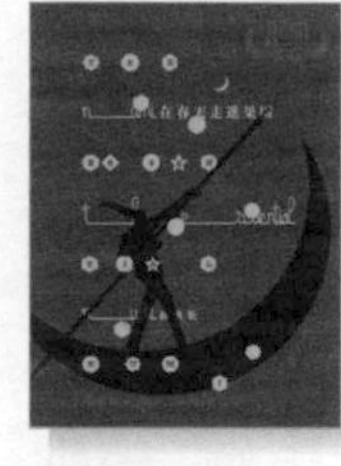

Rumi在春天走進果園（經典版）
伊斯蘭神秘主義詩人
Rumi以第三隻眼看世界
Rumi◎著
梁永安◎ 譯

ISBN:978-986-6513-99-2
定價：360元

靈魂筆記
從古聖哲到當代藍調歌手的
心靈探險之旅
Phil Cousineau◎著
宋偉航◎ 譯
中時開卷版書評推薦

ISBN:957-8453-44-2
定價：400元

四種愛：親愛．友愛．情愛．大愛
C. S. Lewis◎著
梁永安◎ 譯

ISBN:978-986-6513-53-4
定價：200元

運動：天賦良藥
為女性而寫的每天
30分鐘體能改造
Manson & Amend ◎著
刁筱華◎譯

ISBN:957-0411-46-5
定價：300元

愛情的正常性混亂
一場浪漫的社會謀反
社會學家解析現代人的愛情
Ulrich Beck
Elisabeth Beck-Gemsheim◎著
蘇峰山等◎ 譯

ISBN:978-986-360-012-1
定價：380元

內在英雄
現代人的心靈探索之道
Carol S. Pearson◎著
徐愼恕．朱侃如．龔卓軍◎譯
蔡昌雄◎導讀．校訂
聯合報讀書人每周新書金榜

ISBN:957-8453-98-1
定價:280元

生活哲思—新文明生活主張

提倡簡單生活的人肯定會贊同畢卡索所說的話：「藝術就是剔除那些累贅之物。」

小即是美

M型社會的出路
拒絕貧窮
E. F. Schumacher ◎著

中時開卷版一周好書榜
ISBN: 978-957-0411-02-7
定價：320元

少即是多

擁有更少 過得更好
Goldian Vandn Broeck◎著

ISBN:978-957-0411-03-4
定價：360元

簡樸

世紀末生活革命
新文明的挑戰
Duane Elgin ◎著

ISBN :978-986-7416-94-0
定價：250元

靜觀潮落

寧靜愉悅的生活美學日記
Sarah Ban Breathnach ◎著

ISBN: 978-986-6513-08-4
定價：450元

美好生活：貼近自然，樂活100

我們反對財利累積，
反對不事生產者不勞而獲。
我們不要編制階層和強制權威，
而希望代之以對生命的尊重。
Helen & Scott Nearing ◎著

倡導純樸，
並不否認唯美，
反而因為擺脫了
人為的累贅事物，
而使唯美大放異彩。

ISBN:978-986-6513-59-6
定價：350元

中時開卷版一周好書榜

德蕾莎修女：一條簡單的道路

和別人一起分享，
和一無所有的人一起分享，
檢視自己實際的需要，
毋須多求。

ISBN:978-986-6513-50-3
定價：210元

115歲, 有愛不老

一百年有多長呢？
她創造了生命的無限可能

27歲上小學
47歲學護理
67歲獨立創辦養老病院
69歲學瑜珈
100歲更用功學中文……

宋芳綺◎著
中央日報書評推薦

ISBN:978-986-6513-38-1
定價：280元

許哲與德蕾莎修女在新加坡

羅洛・梅 Rollo May

愛與意志

生與死相反，
但是思考生命的意義
卻必須從死亡而來。

ISBN:978-957-0411-23-2
定價：380元

自由與命運：羅洛・梅經典

生命的意義除了接納無
可改變的環境，
並將之轉變為自己的創造外，
別無其他。
中時開卷版、自由時報副刊
書評推薦
ISBN:978-986-6513-93-0
定價：360元

創造的勇氣：羅洛・梅經典

若無勇氣，愛即將褪色，
然後淪為依賴。
如無勇氣，忠實亦難堅持，
然後變為妥協。

中時開卷版書評推薦
ISBN:978-986-6513-90-9
定價：230元

權力與無知

暴力就在此處，
就在常人的世界中，
在失敗者的狂烈哭聲中聽到
青澀少年只在重蹈歷史的覆轍。

ISBN:957-0411-82-1
定價：320元

哭喊神話

呈現在我們眼前的....
是一個朝向神話消解的世代。
佇立在過去事物的現代人，
必須瘋狂挖掘自己的根，
即便它是埋藏在太初
遠古的殘骸中。

ISBN:957-0411-71-6
定價：350元

焦慮的意義

焦慮無所不在，
我們在每個角落
幾乎都會碰到焦慮，
並以某種方式與之共處。

聯合報讀書人書評推薦
ISBN:978-986-7416-00-1
定價：420元

尤瑟夫・皮柏 Josef Pieper

二十世紀最重要的哲學著作之一

閒暇：一種靈魂的狀態 誠品好讀重量書評推薦

Leisure, The Basis of Culture
德國當代哲學大師經典名著

本書摧毀了20世紀工作至上的迷思，
顛覆當今世界對「閒暇」的觀念

閒暇是一種心靈的態度，
也是靈魂的一種狀態，
可以培養一個人對世界的關照能力。

ISBN:978-986-6513-09-1
定價：250元

C. G. Jung 榮格對21世紀的人說話

發現人類內在世界的哥倫布

**榮格早在二十世紀即被譽為是
二十一世紀的心理學家，因為他的成就
與識見遠遠超過了他的時代。**

榮格（右一）與弗洛依德（左一）在美國與當地學界合影，中間爲威廉・詹姆斯。

人及其象徵：

榮格思想精華
Carl G. Jung ◎主編
龔卓軍 ◎譯

中時開卷版書評推薦
ISBN: 978-986-6513-81-7
定價：390元

榮格心靈地圖

人類的先知，
神秘心靈世界的拓荒者
Murray Stein◎著
朱侃如 ◎譯
中時開卷版書評推薦
ISBN: 978-957-8453-71-5
定價：280元

榮格・占星學

重新評估榮格對
現代占星學的影響
Maggie Hyde ◎著
趙婉君 ◎譯

ISBN: 978-986-6513-49-7
定價：350元

導讀榮格

超心理學大師
榮格全集導讀
Robert H. Hopcke ◎著
蔣韜 ◎譯

ISBN: 978-957-8453-03-6
定價：230元

榮格（漫畫）

認識榮格的開始
Maggie Hyde ◎著
蔡昌雄 ◎譯

ISBN: 957-9935-91-2
定價：195元

大夢兩千天

神話是公眾的夢
夢是私我的神話
Anthony Stevens ◎著
薛絢 ◎ 譯

ISBN: 978-986-7416-55-1
定價：360元

夢的智慧

榮格的夢與智慧之旅
Segaller & Berger ◎著
龔卓軍 ◎譯

ISBN: 957-8453-94-9
定價：320元

年度好書在立緒

文化與抵抗
- 2004年聯合報讀書人最佳書獎

威瑪文化
- 2003年聯合報讀書人最佳書獎

在文學徬徨的年代
- 2002年中央日報十大好書獎

菸草、咖啡、酒，上癮五百年
- 2002年中央日報十大好書獎

遮蔽的伊斯蘭
- 2002年聯合報讀書人最佳書獎
- News98張大春泡新聞2002年好書推薦

弗洛依德傳
（弗洛依德傳共三冊）
- 2002年聯合報讀書人最佳書獎

以撒・柏林傳
- 2001年中央日報十大好書獎

宗教經驗之種種
- 2001年博客來網路書店年度十大選書

文化與帝國主義
- 2001年聯合報讀書人最佳書獎

鄉關何處
- 2000年聯合報讀書人最佳書獎
- 2000年中央日報十大好書獎

東方主義
- 1999年聯合報讀書人最佳書獎

航向愛爾蘭
- 1999年聯合報讀書人最佳書獎
- 1999年中央日報十大好書獎

深河(第二版)
- 1999年中國時報開卷十大好書獎

田野圖像
- 1999年聯合報讀書人最佳書獎
- 1999年中央日報十大好書獎

西方正典
- 1998年聯合報讀書人最佳書獎

神話的力量
- 1995年聯合報讀書人最佳書獎

大拓文化 閱讀卡

姓　名：

地　址：□□□

電　話：(　　)　　傳　眞：(　　)

E-mail：

您購買的書名：＿＿＿＿＿＿＿＿＿＿＿＿

購書書店：＿＿＿＿＿市（縣）＿＿＿＿＿＿＿書店

■您習慣以何種方式購書？

□逛書店 □劃撥郵購 □電話訂購 □傳真訂購 □銷售人員推薦
□團體訂購 □網路訂購 □讀書會 □演講活動 □其他＿＿＿＿

■您從何處得知本書消息？

□書店 □報章雜誌 □廣播節目 □電視節目 □銷售人員推薦
□師友介紹 □廣告信函 □書訊 □網路 □其他＿＿＿＿＿

■您的基本資料：

性別：□男 □女　婚姻：□已婚 □未婚　年齡：民國＿＿＿年次

職業：□製造業 □銷售業 □金融業 □資訊業 □學生
□大眾傳播 □自由業 □服務業 □軍警 □公 □教 □家管
□其他＿＿＿＿＿＿＿＿＿＿

教育程度：□高中以下 □專科 □大學 □研究所及以上

建議事項：

愛戀智慧 閱讀大師

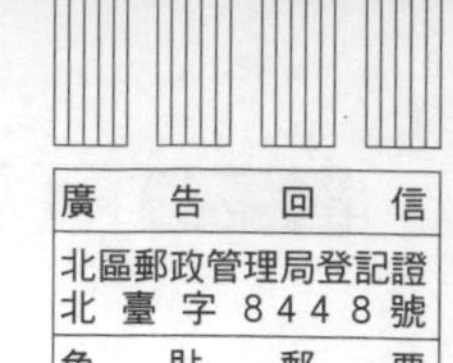

立緒文化事業有限公司 收

新北市 231

新店區中央六街62號一樓

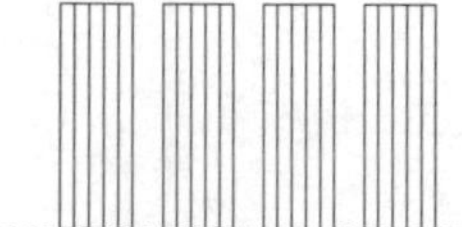

請沿虛線摺下裝訂，謝謝！

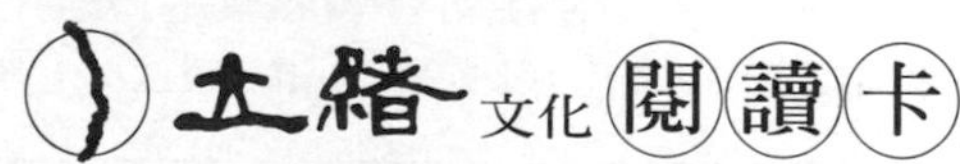

感謝您購買立緒文化的書籍

為提供讀者更好的服務，現在填妥各項資訊，寄回閱讀卡（免貼郵票），或者歡迎上網至http://www.ncp.com.tw，加入立緒文化會員，即可收到最新書訊及不定期優惠訊息。

國家圖書館出版品預行編目資料

速寫西方人文經典／寒哲(L. James Hammond)作；
胡亞非譯. 二版. –新北市新店區：立緒文化，民105.03
面；　公分-- (世界公民叢書；12)
譯自：Realms of Gold : a sketch of western literature
ISBN 978-986-360-058-9（平裝）

1.現代文學 2.文學評論

810.7　　105002495

速寫西方人文經典（原書名《西方人文速描》）

Realms of Gold: A Sketch of Western Literature

出版——立緒文化事業有限公司（於中華民國84年元月由郝碧蓮、鍾惠民創辦）
作者——寒哲（L. James Hammond）
譯者——胡亞非

發行人——郝碧蓮
顧問——鍾惠民

地址——新北市新店區中央六街62號1樓
電話——(02)22192173
傳真——(02)22194998
E-Mail Address: service@ncp.com.tw
網址：http://www.ncp.com.tw
劃撥帳號——1839142-0號　立緒文化事業有限公司帳戶
行政院新聞局局版臺業字第6426號

總經銷——大和書報圖書股份有限公司
電話——(02)8990-2588　傳真——(02)2290-1658
地址——新北市新莊區五工五路2號
排版——辰皓電腦排版有限公司
印刷——祥新印刷股份有限公司

法律顧問——敦旭法律事務所吳展旭律師

分類號碼——810.7
ISBN 978-986-360-058-9
出版日期——中華民國91年1月初版　一刷(1~3,000)
中華民國105年3月初版更換封面

本書譯者胡亞非女士於2009年逝世後，立緒即未能與作者寒哲先生聯繫上，盼寒哲先生能與敝社聯繫，非常感謝。

定價◉299元